Bibliografische Information der Deutschen Nationalbibliothek:Die Deutsche Nationalbibliothek verzeichnet diese Publikationin der Deutschen Nationalbibliografie detaillierte bibliografischeDaten sind im Internet unter dnb.dnb.de abrufbar

TWENTYSIX – Der Self - Publisching – Verlag

Eine Kooperation zwischen der Verlagsgruppe Random House und

BoD – Books on Damond

© 2017 Marie Kreßkiewitz

Herstellung und Verlag

BoD – Books on Damond, Norderstedt

ISBN : 9783740725105

Prolog

Ich spreche hiermit mein Dankeschön an meine Familie und Freunde, vor allem Kulumchen aus. Herzlichen Dank.Mit meiner Mama habe ich seit Ende 2013 wieder Kontakt und ihr bin ich auch für alles dankbar. Utopie begleitet mich nach wie vor.

Ich war nach der Grundschule auf dem Gymnasium mit meiner besten Freundin, dem Kulumchen. Ein nettes Mädel aus Russland. Sie ist 1 Jahr älter als ich. Wir kommen sogar auf dem Gymnasium in 1 Klasse, kein Platz für Utopie.

Im Ferienlager fange ich mit 12 Jahren an zu rauchen. Kulumchen hat was dagegen, aber ich rauche weiter.

In der 12. Klasse machen wir eine Kursfahrt nach Italien. Kulumchen ist auch dabei, zum Glück, denn ich werde krank. Habe zu Hause in der letzten Zeit schlecht geschlafen. Das wird immer schlimmer und die Mitschüler reden schlecht über mich, außer Kulumchen. Sie hält zu mir, kein Platz für Utopie.

Zu Hause wieder angekommen komme ich in eine Psychiatrie, Diagnose: paranoide Schizophrenie. Utopie hat gesiegt. Ein Tag nach meinem 18. Geburtstag nehme ich eine Überdosis Tabletten, ich wollte sterben. Das war meine Problemlösung. Utopie hat gesiegt. Zum Glück hat's nicht geklappt. Das sag ich heute. Seit dem 4. September 2004 habe ich einen festen Freund. Wir verstehen uns gut. Kein Platz für Utopie. Er macht eine Ausbildung in Bayern.

Als ich dann wieder entlassen wurde aus der Psychiatrie muss ich mir ein neues zu Hause suchen, denn meine Eltern sind immer noch aggressiv und schlagen sich. Ich ziehe zu meiner Schwester zum Glück. Dann steht bald das Abi vor mir, sehr schwer, vor allem Mathe. Utopie siegt. Ich falle durch. Zum Glück bekomme ich mit meinem Realschulabschluss trotzdem eine Ausbildung. Ich lerne Rechtsanwaltsfachangestellte. Kein Platz für Utopie. Die Prüfungen schaffe ich alle. Kein Platz für Utopie.

Nach meiner Ausbildung finde ich nicht gleich eine Arbeit. Deshalb hole ich innerhalb von 1 Jahr mein Fachabitur Richtung Wirtschaft und Verwaltung nach. Kein Platz für Utopie. Ich schaffe alle Prüfungen gut.

„Auf Ihrem Desktop befinden sich ungenutzte Dateien." Auf meinem auch. Dankbarsein, dass diese Erkenntnis zwar spät kommt. Aber hey, besser spät als nie!

„Die Ursachen für Ihre Erkrankung sind vielfältig und zu unerforscht. Sie zu bekämpfen wäre unsinnig. Mit diesen Medikamenten wird es Ihnen bald besser gehen."

Ja nee, ist klar. Die Unlogik auf den Punkt gebracht. Halten wir fest: erste Diagnose: paranoide Schizophrenie. Wow.

Manchmal habe ich mich ernsthaft gefragt, ob es da intern ein Bingo-System zwecks der Diagnosevergaben gibt, ehrlich. Aber dazu später mehr.

Ich muss erst einmal eine Therapie machen, ok. Am20.09.2004 in der Klinik angekommen wird viel geredet und nichts getan. Das Reden bewerte ich gerade über. Geredet wurde nicht.

Nach knapp drei Wochen: „Ich will nach Hause. Es ist alles gut. Ja, wirklich" Zu Hause angekommen wird ein eigener Schlachtplan erstellt.

Aber wie fangt man an? Und vor allem: Wo?

Viele Meinungen. „Such dir`ne eigene Wohnung, los mach! Dann wird es dir besser gehen!

Schade nur, dass ich gerade erst einmal 17 Jahre alt war und keinen blassen Schimmer von dem Sozialsystem Deutschlands hatte. Woher soll ich das Geld nehmen für eine eigene Wohnung?

Den Gedanken mit der Wohnung verwarf ich schnell. Aber wie soll es denn werden?

Ich war ja noch in der Schule. Auf dem Weg zur Eliteklasse Deutschlands. Größeren Quark hab ich noch nie gehört. Jeder Depp macht Abi.

Einen Tag nach meinem 18. Geburtstag.

Dann nehmen wir uns das Leben. Wird einem dann geholfen? So richtig? Ich mein, wenn man wieder aufwacht? Probieren geht über Studieren.

Ich wache auf im Krankenhaus. Es war ein scheiß Gefühl. Ich gebe es zu. Ein Überwachungszimmer. Die Mutter einer früheren Bekannten wäscht mich. Scheiß Kleinstadt-Idylle.

„Sie müssen zurück in die Klinik." „Aber kann ich nicht in eine andere Klinik? Ich mein, gibt es denn keine anderen Möglichkeiten?" M „Gehen Sie dorthin zurück. Die kennen Sie ja dort schon"

Ja,nee. Danke fürs Gespräch.

Mein Bruderherz nimmt sich extra frei für mich und fährt mich zur Klinik zurück.

So eine Scheiße, ich will weg von hier. Machen wir das beste daraus.

Zeit vergeht. „Es wäre wirklich besser für Sie, wenn Sie auf die zweite Station wechseln, dort sind Gespräche und mehr Therapien."

Ich will eigentlich nicht. Habe Angst vor Konfrontationen oder so. Ok, es kann nur besser werden. Ich trau mich. Ich gehe auf die zweite Station.

Dort ist es tatsächlich anders. Man hat Gespräche. Man kann sogar zum Patientensprecher gewählt werden. Ich schau hoch zu ihm. Aber ich jemals so was? Nee; warum denn? Nein.

Ein Arzt fragte mich bei der Visite irgendwann, ob ich innerlich Gespräche führen würde. „Ja." „Ok, Sie sollten über eine längere und umfangreichere Therapie auf der 4. Station nachdenken. Dort gibt"`s mehr Regeln und es ist strenger. Ich empfehle Ihnen das wirklich."

Geht"s noch? Wenn ich ihm in diesem Moment gesagt hätte, dass ich gar nicht schizophren bin. Oh, ich glaube, dann wäre ich heute noch auf dieser Station.

„Schizophrene sehen oft nicht ein, dass sie schizophren sind."

Passt ja gut ins Gesamtbild. Ich weiß. Danke für diese Schublade. Nur leider ist es mir zu eng darin, Sorry.

Kurz vor Weihnachten naht Rettung. „Sie dürfen nach Hause. Wir vermuten, dass Sie ein Burn-Out-Syndrom haben, keine Schizophrenie." Sehr große Freude.

Nach Hause, jipie. Nur, welches zu Hause?

Da hätten wir wieder das alte Problem. Aber ich war ja mittlerweile schon 18. Seitens der Erziehungsberechtigung stand nichts mehr im Wege, ich darf also ausziehen.

„Danke Schwesterherz, dass ihr mich aufnehmt. Das ist total lieb von euch."

Wir ziehen in eine größere Wohnung, mein Schwager baut extra eine Wand in das große Zimmer, damit ich ein eigenes Zimmer habe. Ich wiederhole die Klassenstufe.

Hoffentlich bekomme ich nie wieder vorgeworfen, dass ich Geld koste und dass man ja alles extra für mich macht. Mein Wunsch meine Utopie.

Pustekuchen. Es gab auch Streit, Krach. Zwar alles anderer Naturals bei meinen Eltern, aber ähnlich belastend.

Scheiße, eine eigene Wohnung muss ran. Schnell.

'Ab zur Vermietungsgesellschaft im Dezember 2005. „Anfang nächsten Jahres wird ein neues Gesetz herauskommen, dass diejenigen, die Harzt IV beziehen 2 und unter25 sind,'nicht mehr in eine eigene Wohnung ziehen dürfen." I

Das mach ich. Muss ich ja. Die erste eigene Hütte. Cool, nicht schlecht. Ich hatte eigentlich nicht wirklich viel, aber auf alle Fälle das nötigste zum Überleben.

Oh, ich bin ja 12. Klasse. Da war ja was. Jetzt aber ran an den Speck, lernen was das Zeug hält. Oh nein, ich bin ewig krank, so was wie ne Grippe.

Ich hatte Zeit zum Nachdenken. Die ersten Zweifel kamen. Will ich dieses Abi überhaupt? Schaff ich das denn?

Ich treffe mich mit meiner Tutorin bei ihr zu Hause, Wir rechnen wild hin und her. So ein Punktesalat. Dabei habe mich schon immer gefragt, warum man das Leben noch schwerer machen muss. Reichen Noten oder nicht?

Zu einfach anscheinend.

„Du schaffst das. Hör jetzt nicht auf. Das wäre sinnlos. Glaub daran! Und schau: Es ist alles machbar und nicht utopisch. Auch in Mathe."

Irgendwie will ich es nicht. Ich weiß nicht, warum. Ich laufe Gefahr, mir die Blöße geben zu müssen, wenn ich es nicht schaffe.

Ok, ich probiere es wenigstens.

Gesagt, getan. Wochenlang sind die heiß geliebten Bücher mit den Prüfungen . der letzten Jahre meine ständigen Begleiter. Mir wird vieles Klarer. Vor allem auch im Problemfach Nr. 1: Mathe. Ich nehme Nachhilfe und es funktioniert auf einmal. Ich verstehe Mathe.

Das Abi rückt immer näher. Ich hatte so eine Prüfungsangst, aber es klappt.

Dann die Ergebnisbekanntgabe: „Du hast 93 Punkte. Es fehlen dir also 7. Schau, drei mündliche Nachprüfungen. Die erste Nachprüfung ist Deutsch. Du schaffst das"

Leute, ihr könnt mich alles fragen. Jedes Buch. Ich weiß alles. Aber bitte, bitte, lasst „Mephisto" aus dem Spiel. Ich hasse ihn! Die Spannung steigt.

Schwesterherz ist wieder dabei. „Los, du schaffst das"

Ich gehe ins Vorbereitungszimmer, zieh den Zettel,....scheiße. Verlust der Denkfähigkeit. „Erklären Sie, warum „Mephisto".Warum ist......"

Tränen. Ich hab doch gesagt, dass ich es nicht schaffe.

Ich gehe trotzdem ins Prüfungszimmer, vielleicht passiert ein Wunder. Weinen, Stottern, Verzweiflung.

Ich darf endlich raus. „Ist gegen Baum gegangen, Schwesterherz. Wirklich! „Mephisto,"....Scheiße!"

„Warte ab!"

Ich muss wieder rein. Wir bewerten Ihre Leistung mit 4 Punkten."Damit hatte ich mich im Vergleich zur schriftlichen Prüfung um 3 Punkte verschlechtert, mein Ziel ist Utopie." Ich muss aufgeben.

Manch einer fragt sich vielleicht jetzt, warum das in der Schule nicht so klappte.

Die Schule ist so eine Sache. Klasse Bildungseinrichtung. Man bekommt sehr viel Wissen vermittelt. Aber um auf den Punkt zu kommen, muss ich erst einmal beim Ohrschleim anfangen, damit das überhaupt einer versteht.

In der Grundschule war alles gut bei mir. Ich war eine sehr gute Schülerin. In der zweiten Klasse kam ein neues Mädel zu uns. Sie ist Migrantin, kann kaum Deutsch. Kümmert euch ein wenig um sie!

Ich glaube, ich liebte sie vom ersten Tag, mein Kulumchen. Und sie mich irgendwie auch. Komisch, aber schön.

Unser Glück folgt uns sogar auf das Gymnasium in eine gemeinsame Klasse. Jipie. Das beste, was passieren konnte.

Ich weiß nicht, irgendwie hatte ich schon immer das Gefühl, dass ich anders bin. Eine Zeit lang dachte ich, ich sei lesbisch oder so. Wäre ja kein Problem, aber dazu später mehr.

„Die Klassen werden ab der 7. Jahrgangsstufe wegen eurer unterschiedlichen Sprachen getrennt." Oh nein, ich kann doch aber nicht wegen Kulumchen Russisch machen. Ich mein, das sind doch alles andere Buchstaben. Nein, das traue ich mir nicht zu.

Irgendwann rauche ich. Habe es im Ferienlager probiert. Es war scheußlich. Aber ich*wollte dazugehören. Irgendwann hat es mir geschmeckt.

Wir haben einen neuen Schüler in der Klasse,,

Boar, hast du den mal richtig angeguckt? Der Hammer."

Alle Mädels schwärmten. Ja, wir sind zusammengekommen. Ich dachte mir von Anfang an, irgendwie ist das komisch. Was will er, der totally prettiest boy on earth denn von mir? Uns verbindet das Rauchen. Ich habe irgendwann meinen ersten Kuss mit ihm. Ich traute mich gar nicht. Er hat mir Mut gemacht.

Dann traute ich mich doch. Es war ok. Ich hatte mir mehr erhofft. Aber gut, ist ja nicht schlimm.

Er meldet sich irgendwann nicht mehr. Panik. Was ist denn jetzt? Eine Freundin schnappt mich, wir gehen zu ihm. Ich bitte um ein klärendes Gespräch. Huste mir dabei einen ab,

Raucherhusten oder so. „Nö, ich will nicht mehr mit dir zusammen sein.“

Du Arsch brichst mir grad kurz mein Herz. Es folgen viele Gespräche mit Schwesterherz und Schwager. „Ach weißt du, irgendwann lachst du drüber.“

Ich weiß nicht, ob es meine erste große Liebe war. Auf alle Fälle meine erste. Dann fehlt mir einiges an Erinnerung aus der Schulzeit. Aber Halt! Ein was weiß ich noch, als wäre es gestern passiert.

Dienstagmorgen. Ich werd aus meinen heiß geliebten Träumen gerissen. Aber nein, mein Wecker ist dieses Mal nicht der Übeltäter.

Da ist Lärm, Schläge und ich höre weinen.

Scheiße, der Samariter muss schon wieder seine Eltern erziehen.

Nein Papa, man schlägt nicht. Nein, Papa, man trinkt auch nicht, um irgendwelche Probleme zu lösen.

„Man, trenn dich doch. Du siehst doch welch Unheil jedes Mal passiert. Zwei deiner drei Kinder haben schon den Kontakt zu euch abgebrochen. Wenn das so weiter geht, bin ich auch bald weg.“

Ich hätte lieber mit meiner Tapete reden sollen, die hätte wahrscheinlich mehr aufgenommen von dem, was ich sage.

Die Antworten blieben stets die gleichen. „Das Geld." „Er verdient doch alles." „Ich habe doch nichts."

Ehrlich: Mir war das damals alles ein Rätsel. Aber hey, ist bestimmt überall so, dass Kinder ihre Eltern erziehen. Bestimmt.

Eigentlich wars schlimm. Auf der Suche nach mir fand ich nichts Gescheites.

Vielleicht sollte ich in der Schule zur Vertrauenslehrerin gehen? Aber was will die denn machen? Und schließlich gab es ja auch noch eine andere Lehrerin an der Schule, die mit meinen Eltern befreundet war.

Ich konnte also nicht einfach öffentlich den Schein trügen.

Die Bilderbuchfamilie.

„Zwei meiner drei Kinder haben Abitur. Die dritte ist auf dem Weg dahin."

Mir hätte eh keiner geglaubt.

Nein, eine andere Lösung muss her.

Jugendamt. Los, ein Versuch ist es wert. Vielleicht krieg ich es ja hin, dass ich zu meiner Schwester ziehen kann, ohne, dass es Ärger gibt.

Ich mein, ich war ja noch keine 18. Einfach ausziehen geht eben nicht.

„Hören Sie, Sie sind für Ihr Alter sehr kompetent. Ich kann Ihnen ein betreutes Wohnen in Sonstwo anbieten. Zu Ihrer Schwester könnten Sie zwar ziehen, aber Ihre Eltern haben jederzeit die Berechtigung, Sie dort abzuholen. Sie sind ja noch nicht 18.“

Hm, Sonstwo? Und wie soll ich zur Schule? Mit so einem Auto vom DRK würde ich vielleicht abgeholt werden und wieder nach Sonstwo geschafft werden können. Oder vielleicht könnte ich die Schule wechseln.

Zuviel Konjunktiv auf einmal. Große Unsicherheit.

Nein, ich versuche es doch wieder mit Erziehung.

Großer Krach, viel Streit.

Meine Zimmertür hatte einmal zwei Glasscheiben oben. Eine war dann weg. Also nicht weg. Eingeschlagen eben. Warum?

Ich hatte mich eingeschlossen.Um an mich ran zukommen, muss man die Scheibe einschlagen. Sorry, diese logische Folge-hatte ich leider vergessen. Irgendwann war die Scheibe notdürftig repariert.

Manchmal kam ich echt in Erklärungsnöte. Zum Beispiel gegenüber Freunden. Dabei wird man richtig erfinderisch und auch kreativ, kann ich euch sagen.

Die Tage vergehen, die Wochen auch irgendwie.

Da kam er plötzlich. Ein Retter in der Not? Nein, nicht wirklich! Ein Ja-Sager. Aber meine große Liebe. Es läuft lange mit uns. Wow, so jung und schon so eine lange Beziehung. Aber hey, irgend wer muss mich doch retten, oder?

Nein, alles Utopie. Unverständnis. Mein erstes Mal hatte ich mit ihm, ich war eine der letzten unter meinen Freundinnen. Ja, was soll ich sagen? Es war ähnlich wie beim ersten Kuss. Ich hatte mehr erwartet. Die Zeit vergeht, das mit uns auch.

Da ist auf einmal ein guter Kumpel von ihm, er ist schon sehr viel älter als ich. Er wohnt zwar weit weg, aber hey, probieren kann man es doch. Irgendwie ging es dann doch nicht lange mit uns. Ich bin fremdgegangen, habe gleich gebeichtet. Wir trennten uns irgendwann.

Irgendwie ist das alles nicht so meine Art. Vor allem das mit den Bettgeschichten. Aber irgendwoher Anerkennung? Los, her damit!

Ich war also nicht lesbisch, wusste ich. Aber was war ich dann?

Es war der 11.09.2001 ein historisches Datum, aber auch ein persönliches. Die beiden streiten...unendlich..wie immer, dachte ich erst. Aber nein, es war schlimmer, anders.

Ich geh mal nach den Kleinen schauen. Vielleicht kann ich ja vermitteln.

Ich wusste mir nicht zu helfen, nahm ein Messer, bedrohte ihn damit. Die Gefahr war vorüber, er ging. Flucht zum einem Bruderherz.

Wo mein Vater war, wusste ich nicht. Meine Mutter auch nicht. Irgendwann wurde auf der Straße erzählt: „Zur Entziehungskur"

Ehrlich? Wow. Vielleicht ein erster Anfang.

Die zehnte Klasse kam schneller als ich rechnen kormte. Jahreszeugnis des Gymnasiums, Klasse 9c, Beurteilung: „Durch ein kritisches Überdenken ihres Auftretens und ihrer Lernhaltung wäre für sie eine Leistungsverbesserung im kommenden Schuljahr möglich. Sie verfügt nämlich über eine gute Auffassungsgabe und kann zügig und selbstständig arbeiten und urteilen."

Danke fürs Kompliment. Aber mal ehrlich: Eine Erziehungsberechtigte muss ja auch schnell Handeln und urteilen können. Ist doch klar, oder?

Na los, wir strengen uns jetzt richtig an! Moment, mein Auge zuckt schon wieder.jetzt ist's wieder gut.

„Es besteht die Möglichkeit, dass ihr zusammen mit euren Eltern zu einer Besprechung zwecks eurer Leistungskurswahl in die Schule kommt."

Das nehme ich auf alle Fälle wahr. Mutter geschnappt und los geht's.

„Deine Leistungen sind immer wellenförmig, das haben auch
die anderen Lehrer bestätigt. Bleib am Ball.“Nach einem
Warum wird nicht gefragt. Warum auch.

Manchmal dachte ich, man will es einfach nicht sehen.

„Eh, hat die was ausgefressen oder was? Wieso geht die denn
mit ihrer Mutter in die Schule? Ich hab die gestern Nachmittag
gesehen.“

Halt die Fresse, du Arsch und steck dir deine
Sensationsgeilheit sonst wohin.

Ich bin gerade dabei, darauf aufmerksam zu machen, dass mir
Erziehung und Karriere ein wenig zu viel wird. Aber stimmt
schon, mit 15 muss das gehen. Sorry, auch diese logische
Folge hatte ich schon wieder vergessen.

Also ran an den Speck, es wird ernst! Lernen, lernen, lernen.
Könnt ihr nicht wenigstens einmal leiser streiten, damit ich
lernen kann? Ich kann die Musik nicht noch lauter machen,
die Nachbarn könnten sich doch beschweren!

Die Bücherei wird mein bester Freund. Oder so ähnlich.
Irgendwann war mein Beitrag noch offen. Keine Ahnung,
warum, aber unsere damalige Nachbarin hat ihn bezahlt. Ich
weiß bis heute nicht, warum sie das überhaupt wusste mit dem
Beitrag. Aber danke.

Die Schlaflosigkeit beginnt. Scheiße, ich muss doch aber in
die Schule. Ok, ich gehe zum Arzt. Der muss ja wissen, was

mit mir los ist. Keine Diagnose. Nichts. Nur ein Krankenschein.

Ok, der Schlaftee-wird es schon richten.

Die 11. Klasse naht. Eigentlich sagt mein Herz: „Kunst-Leistungskurs". Aber da gibt es eine Regelung. Wenn man das naturwissenschaftliche Profil von Klasse 7 bis 10 besucht hat, muss man für den Kunstleistungskurs eine Aufnahmeprüfung machen. Daran scheiterte ich. Nein, ich habe es nicht mal probiert, weil ich davon ausgegangen bin, zu scheitern. Schade.

Ich wähle Englisch und Deutsch. Das ist machbar. Die Wochen und Monate vergehen. Alles ist gut.

Der erste Urlaub mit den Kumpels in den Sommerferien 2004 steht an. Geil, zwei Wochen Ungarn. Besser kann's doch nicht sein. Rauchen, Saufen und Sex.

Scheiße, da stimmt was nicht bei mir, die Bettgeschichten schon wieder. Naja, ich bin ja noch jung.

Dann kommt bald die 12. Gleich zu Beginn ist erst einmal die Kursfahrt angesagt. Die Schlaflosigkeit hat schon längst wieder begonnen. Der Tee hilft schon lange nicht mehr.

Oh nein, die Kursfahrt nach Italien ist schon vom Opa bezahlt. Reiserücktrittversicherung ? Da wird bestimmt nicht viel erstattet werden. Ich muss mit.

„Schwesterherz, ich weiß, dass es dir nicht gut geht. Aber schreib mir SMS. Egal wann. Schreib mir SMS. Ich bin für dich da" Danke.dir, nur leider der Rest der Welt nicht. Auch nicht ansatzweise.

Nur Kulumchen ist da und passt auf mich auf. Ich war kein Mensch, ließ mich gehen. Hatte ja schon länger kein Auge mehr zu gemacht.

„Los, Mausi. Geh mal duschen. Ist besser."

Der Strand in Italien. Wow. Abends schön dort chillen. Zwei Flaschen Wein sind hart, ich dann auch irgendwann. Ich hoffte einfach, endlich wieder schlafen zu können. Doch, bestimmt, ab Morgen ist alles besser. Aber auch diese Nacht und die folgenden Nächte schlief ich nicht.

Schnell ins Hotel, ich wankte die Treppe hoch zum Zimmer. Dann meinte Lehrerin Nr. 1: „Och ja, dir geht's ja soooooooooooooo schlecht! Das merken wir alle."

Gelächter.

Lehrer Nr. 2 war noch kreativer, er meinte irgendwann irgendwas von: „Das ist ja Selbstsanktion. Warum macht sie das?"

Hallo?

Leute, ich war ganz schön fertig. Aber anscheinend war das alles unheimlich lustig für alle anderen.

Na gut, es ist ja tatsächlich lustig jemanden am Boden zu sehen, aber dann auch noch einmal rein zu treten finde ich, ehrlich gesagt, ein bisschen zu heftig.

So eine Simulantin. Was will die nur damit bezwecken?

Plötzlich plagen Lehrerin Nr. 3 anscheinend Gewissensbisse oder so was. „Wir haben Angst, dass du dir das Leben nimmst"

Wenn sie das Gesagte wirklich ernst gemeint hätte, hätte sie doch gehandelt, oder? Ich mein, er gibt doch auch in Italien Ärzte, oder? Und Englisch konnte man doch reden. Also an vermeintlichen Verständigungsproblemen kann es nicht gelegen haben.

Ehrlich, ich weiß bis heute nicht, wie da alles abgelaufen ist, habe einfach vieles verdrängt. Einfach so. Selbstschutz.

Irgendwann hörte ich dann Mutmaßungen wie „Die wurde bestimmt vergewaltigt" oder „Vielleicht ist sie einfach nur alkoholabhängig?" „Nein, ich denke, sie nimmt chemische Drogen."

Klasse, wie viele Menschen mit 17 schon Psychologie und Medizin studiert haben, ihr habt meine Anerkennung!

Irgendwann kommt die Rückfahrt. SMS an den Vater: „Wir sind bald da. Nein, brauchst mich nicht abholen" Ich wusste nicht, was ich wollte, aber nach Hause wollte ich nicht, das wusste ich.

Einer Freundin wird es auferlegt, mich nach Hause zu bringen.
Ich wollte nicht. „Los, du kommst jetzt mit! Wir fahren dich
heim"

Tränen.

Sie, ich nicht.

Habt ihr ein schlechtes Gewissen? Ich gönn's euch.

Zu Hause angekommen. Ich leg mich ins Bett, will doch
einfach nur schlafen, mehr nicht. Das muss doch gehen. Aber
es geht einfach nicht.

„Wechseln Sie sofort die Batterie, oder stellen Sie auf externe
Stromversorgung um, um einen Datenverlust zu vermeiden."

Plötzlich stehen meine Schwester und mein Schwager im
Zimmer. Ich dachte erst, ich träume. Ich mein, die haben seit
Jahren keinen Kontakt zu meinen Eltern und plötzlich stehen
die in meinem Zimmer. Viele Tränen, keiner weiß, was los ist.
Ich natürlich am allerwenigsten.

Ich darf mit zu ihnen nach Hause. Schön entspannend in der
Wanne schwimmen, dann das autogene Training. Aber nein,
es klappt nicht. Ich schlafe einfach nicht.

Klinik.

Mein Schwesterherz fahrt natürlich gleich in die Schule. „Ist
was vorgefallen? Sagen Sie es mir, bitte! Es muss auch mit der
Kursfahrt zusammenhängen"

„Nein, wir haben uns auch alle gefragt, was los ist. Wir haben keine Erklärung."

Aber hoffentlich ein schlechtes Gewissen.

Nach dem Scheitern am Gymnasium mache ich eine Ausbildung zur Rechtsanwaltsfachangestellten. Wow.

Zu Beginn war ich einfach nur Falschgeld in der Kanzlei. Klar, es war alles neu für mich. Ich gab 150 %, wollte ja keine Niederlage erleben. Ich hatte Angst vor dieser Herausforderung. Aber ich wollte das..

Kabale, der Lehrling aus dem dritten Lehrjahr kann alles. Wow. Vor allem gut Schauspielen. Sie hatte von Anfang an meine Anerkennung. Ich merkte einfach nicht, dass sie ständig versuchte, mich auszuspielen.

Nein, ich wollte es einfach nicht merken. Auch nicht, als Schwesterherz mich zum wiederholten Male darauf hinwies.

Und das schlimmste ist eigentlich, dass ich ihr Vertrauen geschenkt habe.

„Kommen Sie bitte in mein Büro. Uns ist aufgefallen, dass Sie oft nicht bei der Sache sind, irgendwie so neben sich."

Der Schock. Alles erzählen? Ich nehme ja noch Medikamente wegen damals. Aber jetzt hier meiner Chefin alles erzählen? Dabei wollte ich doch meine Krankheit nicht mit schleppen. Schon gar nicht vor irgendein Loch schieben. Tränen. Beichte.

„Ok, mein Mann wird noch einmal mit Ihnen reden. Aber bitte heulen Sie dann nicht."

„Die Blume dort braucht nicht gegossen zu werden. Bleiben Sie bitte gleich da. Meine Frau hat mit mir gesprochen. Es ist gut, dass Sie uns alles erzählt haben. Wir hätten Sie sicher sonst gekündigt."

Ein Schock und Teufelskreis. Tausend Gedanken und Tränen. Jetzt selber kündigen? Quatsch, Augen zu und durch. Du schaffst das!

„Am 02.05.2007 wird eine neue Kanzlei in Nirgendwo eröffnet. Für Sie ändert sich überhaupt nichts. Sie bleiben nach wie vor in dieser Kanzlei hier, sind selten in Nirgendwo eingesetzt."

Ok, ich war oft in Nirgendwo. Nichts, Stille, Alleinsein. Nicht immer, aber oft.

Klar, ich habe sehr viele Schulaufgaben gelöst, aber praktische Arbeiten? Irgendwann durfte ich die Bänder fürs Diktat mit dorthin nehmen, aber meist war ab Mittag nichts mehr zu tun.

Das Gefühl, dass ich nicht gebraucht werde, zerfraß mich fast.

Mrs Powerfrau kommt aus dem Babyjahr zurück. Ich hatte total Respekt und übersteigerte Angst vor ihr.

Kabale erzählte ja schon von ihr.

Mrs Powerfrau war total anders als beschrieben. Wir haben viel gelacht. Die Wellenlänge stimmt einfach.

Ich wurde wieder öfter in der alten Kanzlei eingesetzt, zum Glück. Musste ja noch viel lernen.

Sie bildet mich aus, sie weiß soviel. Ich bin glücklich. Die Wochenvergehen und plötzlich stand die Zwischenprüfung vor der Tür. Scheiße, eine Prüfung. Oh nein, die Angst vorm.Versagen verstärkte sich immer mehr.

Mrs Powerfrau checkts gleich: „Sie haben dolle abgenommen. Machen Sie sich nicht so fertig. Es ist 'ne Prüfung. Es geht nicht mal ums Bestehen. Nein, nur um Noten.“

Der Tag war schnell da. Die Prüfungen liefen wie erwartet gut. Ich war richtig stolz. Alles Verrückt machen umsonst.

Die Tage gehen ins Land, die Wochen auch.

Irgendein Tag in der Berufsschule. Ich hatte kaum geschlafen, lag mit dem Kopf auf dem Tisch. Mein Klassenlehrer fragte mich, was denn los sei. Ich teilte ihm mit, dass ich nicht gut geschlafen hatte.

„Los, stehen Sie auf, erst auf das eine Bein stellen, dann auf das andere. Das regt den Kreislauf an.“

Gelächter. Ich weiß nicht, warum ich mich kurz entmündigen ließ, aber irgendwie wollte ich nur meine Ruhe.

Beiläufig erzähle ich Mrs Powerfrau etliche Tage später davon. Sie war schockiert. Gang zum Chef. Telefonat mit der Schule.

Ihr könnt euch sicher vorstellen, dass ich ganz schön Angst vor dem nächsten Schultag hatte. Er kommt ins Klassenzimmer, wutentbrannt. Stellt mich vor der ganzen Klasse.

In der Pause folgt ein Gespräch mit der Fachleiterin, ihm und mir. Das Resultat war, dass ich mir wohl alles eingebildet hatte. Das war ja alles nicht so gemeint.

Ja nee, ist klar.

Beim Frühstück in der Kanzlei lese ich einen interessanten Artikel in der Tageszeitung: „Wenn Sie jemanden überraschen wollen, oder einfach einmal„ Danke“ sagen wollen, schreiben Sie uns! Zu gewinnen gibt es einen prall gefüllten Frühstückskorb und natürlich einen Artikel in unserer Zeitung.“

Ich habe die Idee des Jahres, das ist meine Chance. Heimlich schleuse ich die Zeitung aus der Kanzlei.

Das ist meine Chance, endlich einmal Danke zu sagen, für all die Unterstützung während der Ausbildung, denn soviel Verständnis und Geduld für mich aufzubringen, war schließlich nicht normal. Das meine ich ernst.

Zu Hause schreibe ich gleich eine Mail dahin.

Ehrlich gesagt habe ich nicht im Geringsten an einen Erfolg geglaubt. Da kam wieder die Utopie ins Spiel. Mrs Powerfrau hab ich es erzählt, sie hielt es auch eher für unwahrscheinlich.

Und es geht doch: „Ist ja toll, dass ich Sie gleich am Apparat habe. Sie haben gewonnen, herzlichen Glückwunsch"

„Wie bitte? Ich, gewonnen? Nee, glaub ich nicht! Wirklich? Termin? Ja, Moment, das muss ich erst absprechen! Geben Sie mir Ihre Nummer, ich ruf Sie gleich zurück."

Böser Blick. „Was war denn das?"

„Wahnsinn, ich habe, Sie wissen doch,...letzte Woche, die Mail."

Feierlaune.

Meine Anerkennung.

Schnell den Termin vereinbart. Man, die Vorfreude war echt groß. Ich konnte den Tag kaum erwarten.

Dann war er da, der Tag.

Aber Kabale nicht. „Ich ruf Sie an. Sie müsste doch schon längst da sein.........Mailbox......Hallo, ähh.....komm schnell...." Ich glaube, zu mehr Worten hat es nicht gereicht. Der Reporter stand a gerade vor mir. Mein Herz klopfte wie wild, ich war so aufgeregt.

Kurzes Interview. Schicke Fotos werden gemacht. Ich bin einfach nur glücklich. Mittendrin kreuzt Kabale auf und macht ihrem Namen alle Ehre. Sie heiß tja nicht umsonst so.

Ihr hättet mal die Haare sehen sollen, wow.

Gestylt wie frisch vom Friseur, ich war kurz neidisch. „Guten Morgen, entschuldigen Sie, ich habe verschlafen." Ja, nee ist schon klar und ich zieh mir meine Hosen immer mit dem Bagger an. Nun gut, noch mal Fotos. Alle sind genervt. Ist ja auch alles ein wenig peinlich insgesamt, vor allem für die Kanzlei.

Das schärfste von Kabale fand ich eigentlich, dass sie vor versammelter Mannschaft ihre Mailbox checkte und natürlich gar nichts darauf fand.

Oh, ich wiederhole mich. Ich sagte ja schon, dass sie ein echtes Schauspieltalent ist.

Am nächsten Tag stand Mrs Powerfrau vor mir und zeigte auf die Tageszeitung. „Schnell gucken Sie, wir sind in der Zeitung. Und vor allem mit welchem Bild und der Artikel erst."

Ich traute meinen Augen kaum. Es wurde tatsächlich das Foto ohne Kabale abgedruckt. Wer zuletzt lacht...

Mein Erfolg.

Danke!

Die Zeit verging rasend schnell, irgendwann im Oktober
wurde ich dann zum Gespräch ins Büro gebeten. Beine
zitterten, Stimmverlust, Angst.

„Die Kanzlei trennt sich zum Ende des Jahres."

Ich war fertig, hatte Angst vor den neuen Herausforderungen.
Aber vielleicht ist es ja auch eine Chance. Eine Chance, nach
der Ausbildung übernommen zu werden.

Weihnachten war dann schneller da, als erwartet. Alte Kanzlei
ausräumen, die neue einräumen. Ich war total aufgeregt,'was
alles auf mich zu kommt.

Irgendwann sagte meine Chefin zu mir, ich wolle immer die
Welt verbessern. Damals wusste ich nicht wirklich, was sie
mir damit sagen wollte. Heute schon.

Die kommenden Monate waren sehr stressig. Ich opferte mich
auf, aber ich tat es gem. Mrs Powerfrau machte einen neuen
Job, aber wir hielten Kontakt.

Dann nahte schon die Abschlussprüfung. Aber dieses Mal
ging es ja ums Eingemachte. Es ging nicht nur um Noten, nein.
Es ging ums Bestehen.

„Ich brauch mindestens drei Wochen Urlaub. Sonst schaffe
ich es nicht, den ganzen Stoff zu lernen."

„Ok, ich stelle jemanden ein." Gesagt, getan.

„Sie ist krank geworden. Könnten Sie vielleicht?"

Ich erinnerte mich gleich an Mrs Powerfrau Worte. „Nein, Sie gehen nicht arbeiten. Das ist Ihre Prüfung, die schreibt niemand anderes für Siel"

Ich wusste, dass sie Recht hatte, aber ich ging trotzdem arbeiten.

Dann meine Rettung: Jemand anderes wird eingestellt. Somit konnte ich mich wieder aufs Lernen konzentrieren. Ich hab richtig gepaukt, Leute. Von früh bis spät, manchmal bis nachts. Die Angst war viel groß, wieder zu versagen. Wisst ihr, es ist ein Scheiß Gefühl, wenn man eigentlich alles weiß und irgendwo doch nicht.

Die Prüfung kam. Ich war kein Mensch mehr. Mrs Powerfrau machte mir immer wieder Mut.

Danke.

Dann das ganz verrückte: Ich saß in den Prüfungen und war total relaxt. Hatte ein richtig gutes Gefühl, Utopie muss ja auch mal aussterben.

Die Prüfungsergebnisse werden bekannt gegeben. Oh nein, mein Herz liegt irgendwo. Hatte das Gefühl, dass es gar nicht mehr klopft. Ich hielt die Luft an. Bitte Utopie darf einfach nicht mehr überleben.

Geschafft! Ich glaub es nicht. Geschafft? Da muss doch was faul sein. Haben die sich verrechnet? Oder die Namen vertauscht? Kommt der Hammer später? Die mündliche Prüfung muss ja auch noch absolviert werden.

Ich war richtig glücklich. Dann aber gleich wieder Szenarien: „Klar übernehme ich Sie. Wir müssen sehen wegen der Bezahlung. „Ich habe ja schon jemanden anderes eingestellt.“

Ich traute mich schlichtweg nicht, nach einem Vertrag zu fragen. Das normalste auf der Welt eigentlich.

Das sage ich heute. Aber damals? Es ging nicht. Zuviel Naivität war im Spiel. Und der Glaube an das Gute im Menschen.

Also los, Bewerbungen schreiben. Die Ungewissheit ist viel zu groß. Existenzängste machen sich breit.

Wow, eine Einladung zum Vorstellungsgespräch. Ich war kein Mensch.

Schon zwei Stunden eher war ich dort. Zum Glück hab ich den Park entdeckt. Schön die Seele baumeln lassen, entspannen.

Dann ging ich rein. Ich hatte totale Angst. Erst einmal musste ich einen Kreuztest machen. Darauf war ich nicht vorbereitet, aber es war ok.

Dann folgte das Gespräch. Diese Fragen.“Warum bleiben Sie denn nicht bei Ihrem Chef, wenn Sie schon über drei Monate die Kanzlei allein geschmissen haben? Warum stellt er Sie denn nicht ein?“

Ich wusste keine plausiblen Antworten. Konnte da ja nicht einfach erzählen, dass es für mich keine Förderung vom Amt gibt, so dass er mich nicht einstellen konnte.

Ich habe wirklich irgendwelchen Mist erzählt. Das war mir alles nichts, ich wollte eigentlich nur noch raus dort.

„Haben Sie noch ein paar Minuten? Sie könnten sich ein wenig mit dem Programm vertraut machen und ein_Band schreiben?“

Eigentlich wollte ich es nicht. Aber probieren kann ich es ja. Aus den Minuten wurden viele Stunden. Ich verstand die Stimme auf dem Band nicht, musste 10000 mal zurückspulen. Ich glaube, ich bin nach 5 oder 6 Stunden gegangen.

„Ja, ich melde mich wegen des Probearbeitens, muss meine mündliche Prüfung erst einmal absolvieren.“

Die Tür fiel noch nicht einmal ins Schloss und da waren sie wieder.

Meine Tränen.

Ich war verzweifelt. Ich war verwirrt, wusste eigentlich gar nicht mehr, was ich denken und fühlen sollte.

„Danke Schwesterherz,ja, ich komm zu euch. Bis gleich am Zug.“

Ich sitze im Zug, versuche mich zu entspannen. Geht aber nicht.

Alles Scheiße irgendwie.

Dann auch noch das: Eine Bekannte vom Gym damals. Ich mag sie, aber nein.

Ich will jetzt nicht reden, schon gar nicht über mich. Kurzes Gespräch, Fragen über Fragen.

„Aber warum gehst du denn zu einem Vorstellungsgespräch, wenn dein Chef dich übernimmt?

Hä?"

Ihr Handy klingelt, wir sind an der Station, wo ich raus muss. Bloß gut, meine Rettung.

Kussi.

Ciao.

„Danke Schwesterherz, alles Scheiße"

Ich war in mir gefangen. Alles war ungewiss, das Arbeitsamt ging mir auf die Nerven.

Die mündliche Prüfung kam, ich war kein Mensch. Aber mehr Mensch als bei den schriftlichen Prüfungen.

„Mädels, wir schaffen das" ." Viele Fragen, viele Antworten. Ich wusste, dass wir alle bestehen würden. Ich wurde in der Prüfung dann sogar gleichgültig, innerlich. Natürlich nicht nach außen.

„Herzlichen Glückwunsch, Sie haben mit 76 Punkten bestanden" Cool, das ist das Geburtsjahr meines Bruders. Also die Note drei. Ich war echt stolz. Richtig sogar. Ich hatte die Utopie erstickt.

Das Telefon stand nicht mehr still. Gleich zum Schwesterherz fahren. Jipie.

Eine Flasche Sekt? Los, her damit! Das war 11 Uhr.

11.05 Uhr war die Flasche halb leer.

„Ich habe bestanden! Das hätte ich nie gedacht." „Glückwunsch, das hab ich immer gewusst. Nur Sie nicht! Kommen Sie morgen früh ins Büro?"

Wow, ich sollte ins Büro kommen. Wartete da doch irgendwo ein Vertrag auf mich? Die Anspannung war groß. Nein, kein Vertrag, leider.

Zum Glück.

Große Enttäuschung meinerseits. Aber berechtigt? Bin ich denn nicht selber schuld?

Schlaflosigkeit, Unsicherheit, Existenzängste. Scheiß Medikamente.

Ich geh zum Hausarzt. Unter Tränen sage ich, dass ich möchte, dass mir endlich mal geholfen wird.

Ständig die Medikamentenliste hoch und runter, viele Nebenwirkungen. Zuletzt habe ich ja noch eins genommen, um die Nebenwirkungen vom ersten zu bekämpfen. Das kann es doch alles nicht sein.

Ursachenbekämpfung ?

Fehlanzeige!

Aber das erwähnte ich bereits.

Ich weiß bis heute ja nicht, was ich hab. Stationärer Aufenthalt auf eigenen Wunsch. Eine Medikamentenumstellung auf was Hämopatisches.

Meine Chance.

Mein Wunsch.

Klinik.

Es war langweilig. Rauchen, essen, Hometrainer fahren, lesen, telefonieren.

Scheiße, hier bist du irgendwie fehl am Platz.

„Was hab ich denn nun eigentlich?" „Ich möchte mich nicht festlegen.

Vielleicht eine milde Schizophrenie."

Das ist natürlich die Antwort, die ich hätte erwarten müssen.
Utopie machte sich schon wieder breit.

„Ich habe hier ein Buch für Sie. Lesen Sie mal rein" Ich lese
den Titel.irgendwas mit „Mit Schizophrenie umgehen".

„Ich steigere mich da nur sinnlos rein. Wenn ich das Buch
gelesen habe, habe ich alle aufgeführten Symptome. Ja, das
passt ins Schema, ich weiß" Habe das Buch in meinen
Schrank gelegt und nicht angerührt.

Aber etwas Positives hatter das ganze natürlich auch.

Zuerst kam das Bingo der Diagnose zu stillstand. Wenigstens
ein Erfolg. Manch nette Gespräche mit den Patienten, folgten,
ich habe die Medikamente gut vertragen. Ich will nach Hause.

Stopp, da ist noch was, was ich nich tverstehe. Meine Brüste
werden immer größer. Bin ich etwa schwanger?

Ohje.

Apotheke.

Testergebnis: negativ. Ich war nicht schwanger. Zum Glück
oder so.

Ein letztes Gespräch mit einem sehr guten Arzt. Ich schildere
mein „Problem" mit meinen Brüsten (eigentlich war es ja
schön).

Blutziehen,

Prolaktinspiegel wird getestet. Der Befund wird meinem Hausarzt nachgereicht. Ok, Dankeschön. Nach Hause. Endlich.

Erster Gang gleich zum Hausarzt. „Ja, und wegen meines Prolaktinspiegels. Da stimmt was nicht. Die schicken den Befund nach.“

„IhrProlaktionspiegel? Nicht, dass sie keine Kinder mehr bekommen können unter Umständen.“

Bitte was?

Wie?

Ich?

Keine Kinder?

Tränen und Verzweiflung.

Ich liebe Kinder.

Bei diesem Thema habe ich Utopie immer ausgeschlossen. Bin ja schließlich eine Frau.

Ich besuche eine Freundin.

Muss reden.

Tut ja gut, wenn jemand zuhört. Vielleicht weiß sie da was. Oder nimmt mich nur kurz in den Arm.

Stopp! Schraube jetzt ganz schnell deine Erwartungen runter, sonst wird es gleich noch schlimmer!

Zu spät.

Von meinem Klinikaufenthalt hab ich gar nichts erwähnt, reiner Selbstschutz.

Nach einem kurzen Gespräch komme ich zum Thema. Schildere die Situation, dass da was mit meinem Prolaktinspiegel nicht stimmt.

Der Befund kommt noch, aber mein Hausarzt meinte, ich könnte vielleicht keine Kinder mehr bekommen.

Ich muss mich sogar festhalten, wenn ich es schreibe, so sehr tut der„Ratschlag" heut noch weh.

„Naja, aber ihr könnt euch doch ein Negerkind adoptieren"

Das saß.

Soviel Verständnis, Einfühlungsvermögen und Respekt auf einmal war ich dann doch nicht gewöhnt.

Vielen Dank.

Und Tschüß.

Ich ging so schnell wie nur möglich nach Hause, um meinen Tränen freien Lauf zu lassen.

Ich fuhr oft zu meinem Schwesterherz. Wir haben einen
Schlachtplan erstellt. Wir haben alle Möglichkeiten aufgelistet,
die ich in Angriff nehmen könnte. Es gab die Möglichkeit, das
Abitur nachzuholen, sogar in meiner Stadt. Ein Fachabitur
Richtung Wirtschaft und Verwaltung.

Die Voraussetzungen erfüllte ich. Aber die Anmeldefrist war
leider seit vier Monaten verstrichen.

„Probiere es doch wenigstens! Du hast schließlich nichts zu
verlieren." Danke, Schwesterherz.

Und tatsächlich, es klappte, weil ich mich traute. Die zweite
Chance, meine zweite Chance. Neue Schule, neue Klasse,
neues Leben. Die Wochen vergingen rasend schnell.

„Es besteht ein Kinderwunsch. Gibt es ein Medikament, was
ich trotz Schwangerschaft dauerhaft nehmen kann?"

Natürlich nicht, das wusste ich.

Ich hatte die ewigen Nebenwirkungen wirklich satt. Die haben
einen teilweise so beeinträchtigt, dass gar nichts mehr ging.
Ich wollte es wenigstens versuchen. Ich habe das Medikament
langsam unter Anweisung aus geschlichen. Klar hatte ich
Angst. Aber man muss es eben erst probieren, um urteilen zu
können.

Die Schule wurde anstrengender, vor Weihnachten hatte ich
einen kleinen Tiefpunkt. Vielleicht lag es auch an
Weihnachten.

Rettung nahte schließlich. Am 26.12. ging es los. Endlich Urlaub machen. Zwei Pärchen, die sich gut verstehen, fahren zusammen in den Skiurlaub.

Aber Utopie findet leider auch den Weg nach Tschechien.

Es folgten Missverständnisse, allgemeine Unstimmigkeiten. Viele Gespräche _ über Gott und die Welt wurden gesprochen.

Geklärt wurde aber kein einziges vermeintliches Problem. Ich hatte echt genug davon und wollte einfach nur nach Hause.

Zu Hause angekommen, machte ich eine Entdeckung, die mein Leben veränderte. Eine Einladung zum Assessment-Center. Das ist genau das, was ich wollte.

Eine neue Ausbildung in einem tollen Unternehmen, gute Chancen auf dem Arbeitsmarkt. Der Tag rückte näher.

Es lief klasse. Ich war überglücklich. Utopie klopfte an, aber ich habe einfach nicht aufgemacht. Geht auch irgendwie.

Die Einladung zum Probearbeiten kam bald. Ich freute mich sehr.

Klar war ich aufgeregt, aber dieses Mal war es anders. Ganz anders. Ich weiß, was ich kann und ich weiß, was ich will.

„Herzlichen Glückwunsch! Ab August sind Sie eingestellt"

Ich bin der glücklichste Mensch auf der Welt, ehrlich. Es ist ein unbeschreibbares Gefühl zu wissen, dass man alles richtig gemacht hat.

Heute kam der Vertrag. Ich habe etwa zwei Stunden lang die Welt nicht mehr verstanden. Solche Freudentränen hatte ich noch nie.

Aber wo ist Utopie wird man sich vielleicht jetzt fragen?

Sie ist weg.

Einfach so.

Ich denke, sieh at gesehen, dass sie ihre Arbeit bei mir getan hat.

In all den vergangenen Jahren wandelte ich von Selbstzweifeln, zu Verzweiflungen und all das, was dazugehört.

Aber hey, was ich jetzt schreibe, ist für euch Utopie.

Wir schreiben Sommer 2004. Kurz vor meiner Eskalation. Da ist ein Junge,ja wirklich ein Junge. Er ist gerade 17, ich schon fast 18. Wir lernen uns kennen. Er ist sehr nett, charmant und unheimlich humorvoll.

Aber er weiß das nicht von sich.

Ich dachte mir damals bloß: „Jetzt musst du einen kühlen Kopf bewahren. Los, teste erst einmal die Grenzen“

„Klar, kannst bei mir schlafen, kein Problem.“

Die erste Hürde ist geschafft. Er möchte, dass ich bei ihm schlafe. Wir werden miteinander schlafen und alles ist so wie immer.

Die Bettgeschichten eben.

Aber ich glaubte es nicht, ich glaubte es einfach nicht. Erlag neben mir und schlief. Ja, er schlief wirklich. Tief und fest. Er hat nicht einmal ansatzweise versucht, mich rum zu kriegen. Gar nicht, eben.

Ich verstand die Welt nicht mehr.

Am nächsten Morgen machte ich mich schnell auf meinen Nachhauseweg. Zu Hause angekommen machte ich mich gleich auf die Suche nach Utopie. Ich konnte sie nicht finden, ich hab wirklich überall gesucht. Ich war total verwirrt.

Wie kann das sein, dass er nicht.? Ist er vielleicht schwul? Nein, das ergibt keinen Sinn.

Am 04.09.2004, um 21.43 Uhr traute ich mich (natürlich nur im betrunkenen Zustand) ihn auf einer Feierlichkeit anzusprechen.

„Du also, ich muss irgendwie nicht bei mir gewesen sein“

Er lächelte. „Ich weiß, was du meinst, bei mir auch.“ Unser erster Kuss.

Dann fing das ganze Prozedere an. Ihr wisst schon, Klinik und so.

Man glaubt es kaum, aber dieser Mensch hielt zu mir, er stand sogar zu mir.

Er liebte mich sogar.

Ich glaube, es grenzt an ein Wunder. Manchmal verstehe ich heute nicht einmal, warum er so ist, wie er ist.

Wir hatten gleich zu Beginn unserer Beziehung soviel Mist durch wie manche in 30 Jahren Ehe nicht. Aber die Liebe war stärker als die Utopie.

Bis Frühling 2007. Telefonat mit ihm, er ist ja auf Montage. „Hasimann, scheiße.

Ich weiß nicht.

Ich glaub, ich habe mich in jemand anderes verliebt.“

Schock.

Er setzt kurzer Hand seinen Job aufs Spiel und kommt nach Hause.

Nächtelange Gespräche.

Ich wusste selber nicht, was los war.

Auf meiner ewigen Suche nach mir und der Perfektion sah ich nicht, dass ich das alles schon gefunden hatte.

Ich war blind.

Hasimann, bitte verzeih mir irgendwann!

Wir fingen uns wieder, genossen die Zeit miteinander. Ich weiß, was ich an ihm habe.

Es ist schön.

Doch anscheinend musste Utopie wieder was mit bekommen haben Sie klopfte wie der an meiner Tür, genau ein Jahr später.

Das gleiche Spiel von vorn, aber schlimmer und ernster. Ich habe Kleinigkeiten zum Anlass genommen.

Trennte mich.

Einfach so. Sehr viele Tränen.

Bettgeschichten, Auszug meinerseits.

Utopie feierte ihren Sieg sehr ausgiebig.

Man spricht miteinander, ich traue mich eigentlich nicht, aber ich mache es trotzdem.

„Alles ein Fehler.Ich weiß nicht......Scheiße....Ich liebe dich.“

Viele Gespräche. Natürlich braucht er Zeit. Logisch.

Im Sommer kam aber das Unglaubliche.

„Klar, ich brauche Zeit, aber ich liebe dich nun mal. Wahrscheinlich bin ich ein elender Dummkopf. Alle haben mich gewarnt.

Aber nein, wir gehören zusammen“

Wir sind glücklich. Bis heute.

Es grenzt alles an ein Wunder. Dieser Mensch gibt mir soviel Kraft. Er schenkt mir bedingungslose Liebe, ist immer da, auch wenn er manchmal so weit weg ist. Manchmal denke ich ernsthaft, dass er nicht von diesem Planet ist.

Ich mein, erfindet mich nach dem Aufstehen sehr hübsch. Ja, ungeschminkt findet er mich toll. Und er findet sogar meine Füße schön.

„Sie hat ihn nicht verdient“ „Er hat sie nicht verdient“ „Er unterbuttert sie“ „Sie nutzt ihn aus“

Fuck you. Euer Neid ist unsere Anerkennung.

Meine hier subjektiv dargestellte Geschichte stellt keine Anklage dar. Sie ist auch keine Rechtfertigung.

Ich habe damit zum ersten Mal mein Leben verarbeitet. Auf meine Art und Weise. Ich suchte so lange nach mir selber. Ich bin endlich fündig geworden.

Ich bezweifelte nie irgendetwas. Nicht die Kompetenz von
Ärzten, auch nicht die der Lehrer.

Dass, was ich bezweifelte war schlicht und ergreifend meine
eigene Persönlichkeit. Ich suchte vergebens nach Erklärungen.
Doch alles ist eigentlich so einfach.

Ich schenkte immer Vertrauen, jedem eigentlich und auch
wieder nicht. Ich selber gab immer 150 %. Das erwartete ich
von allen anderen auch. Mein Streben nach Perfektionismus
hätte mich beinahe kaputt gemacht.

Heute bin ich dankbar für alle Geschehnisse. Ich mache
niemanden Vorwürfe, im Gegenteil. Nur wegen der
Geschehnisse bin ich heute so, wie ich bin.

Ich habe auch wieder Kontakt zu meinen Eltern. Klar, keine
richtige Eltern-Kind-Beziehung. Aber das will ich auch nicht.
Vergeben werde ich nie.

Es gab tatsächlich nicht nur negatives damals zu Hause. Aber
eben das überwog eindeutig.

Mit Sicherheit hätte man alles auch leichter haben können.
Aber vielleicht wäre das alles zu langweilig gewesen.

„Nichts passiert umsonst! Alles hat einen Sinn.“

Danke, Schwesterherz. Heute verstehe ich deine Weisheit
wirklich.

Und Bruderherz: Du bedeutest mir mehr, als du wahrscheinlich glaubst. Ich vermisse dich jeden Tag mehr. Du bist weggezogen wegen der Arbeit. Erst konnte ich dich gar nicht verstehen. Du lässt uns einfach allein hier.

Aber klar, auch du suchtest nach einem neuen Leben. Ich hab dich lieb.

„Es gibt ungefähr nur eine Hand voll echter Freunde" Schwesterherz, ehrlich gesagt habe ich dir das nie geglaubt. Aber du hast Recht. Heute weiß ich es.

Kulumchen, mir fehlen die Worte. Du bist eine echte Freundin, das wusste ich schon immer. Ich bin sehr dankbar, dich kennen gelernt zu haben.

Mir wird bewusst, dass ich mich nicht ständig durch andere aufwerten lassen kann. Meine Suche nach Anerkennung ist beendet.

Ich habe sie, weil ich mich gefunden habe.

Es ist ein Lernprozess, einfach auch einmal einen Ellenbogen herauszustrecken und sich zu Wehren.

Ich beginne damit. Ich möchte nicht mehr die Welt verbessern.

Ich bin stolz auf mich.

„Neue Updates sind verfügbar. Klicken Sie hier, um diese herunterzuladen"

Schon passiert.

Danke.

Leider bin ich nach meinem Fachabi arbeitslos. Utopie siegt.Ich habe noch eine neue zweite Ausbildung zur Drogistin begonnen.Ich arbeite nebenbei in einem Callcenter, anstrengend, aber gut.

Da ist eine gute Freundin von mir. Sie ist lesbisch.

Wir verstehen uns gut.

Wir gehen oft zusammen in die Disko mitten in der Woche.

Dort mache ich erste Erfahrung, dass andere Mütter auch hübsche Söhne haben.

Erste Küsse und Treffen mache ich.

Wie viele es waren, weiß ich heute nicht mehr, viele Bettgeschichten, ich wollte es so und wollte es in meiner Nähe haben, da mein Ex auswärts arbeitete.Utopie siegte.

Nach weniger Zeit hat mein Ex-Freund viele Bewerbungen geschrieben, aber alles Absagen bekommen.

Dafür habe ich es erleichtert durchgestanden.

Mein Fehler war, ich bin fremdgegangen. Ich habe meinen Ex geliebt und die Utopie hat wieder angeklopft.

Kurz vor Weihnachten 2010 hat er die Beziehung beendet.

Ich habe meine Utopie rein gelassen und sie war da.

Im Januar 2011 kündigte mein Ex-Freund meine zweite Ausbildung zur Drogistin, weil ich gemobbt worden bin, viel Platz für Utopie. Darüber bin ich sehr dankbar, denn ich traute mich nicht, die Kündigung persönlich auszuhändigen.

Die Utopie hat wieder angeklopft und ich habe sie auch diesmal rein gelassen.

Es folgt eine schwere Zeit ohne Freund.

Am 11.03.2011 sehe ich nur noch eine Lösung, all meine Probleme loszuwerden.

Ich stürze mich aus dem dritten Stock meiner neuen Wohnung.

Es ist alles schrecklich und peinlich, aber die einzige Lösung für meine Probleme.

In den nächsten Wochen bin ich in psychiatrischer Behandlung woanders als sonst, weil ich umgezogen bin, aber nicht schlecht.

Durch den Fenstersturz bekomme ich einen Betreuer. Nach dem ärztlichen Gutachten bekomme ich EU-Rente.

Das ist nicht schlecht, aber gut.Das ist immerhin etwas.

Ich komme in ein Pflegeheim.

Die Pfleger regen sich auf, weil ich oft klingle.

Wir schreiben November 2011, da komme ich in ein anderes Alterswohnheim, wo ich ganze vier Jahre bis Januar 2016 nur im Bett liege. Der Hauptgrund hierfür ist, weil ich so starke Beinschmerzen habe. Ich bin die Jüngste, ich klingele oft, aber nicht, wie im letzten Heim.

Mir wurde dann die Klingel weggenommen.Utopie siegt wieder einmal.

Also rufe ich oft, wenn ich ein Bedürfnis habe.

Die Schwestern sind sehr verärgert darüber und schmeißen meine Türe oft zu.

Traurig, aber wahr und die Utopie siegt immer wieder.

Anfang 2012 lerne ich einen Mitbewohner kennen, er hilft mir wo er kann.

Er ist 27 Jahre älter als ich. Er sorgt dafür, dass es mir gut geht.

Wir sind ein Paar bis Mitte 2014.

Zwischenzeitlich trennt er sich oft von mir.

Dann mache ich SMS Chat mit. Da lernte ich meinen neuen Freund kennen, 2014 im Frühling. Er wohnt weit weg und wir haben uns noch nie gesehen. Er ist etwas älter als ich und geht hart arbeiten.

Mir wurde das Handy weggenommen, weil wir über Sex geschrieben haben.

Da hat die Utopie wieder angeklopft. Ich hatte Angst, mein Freund trennt sich. Ich habe die Utopie nicht rein gelassen. Das Handy wurde mir drei lange Wochen weggenommen. Ich habe das Handy ab und zu bekommen.

Wir haben uns nie gesehen, aber die Liebe ist da. Seit Dezember2013 habe ich wieder Kontakt zu meinen geschiedenen Eltern, Dank meines Heilpraktikers

Seit Anfang Jan. 2014 darf ich wieder rauchen.Papa hat mir elektrische Zigaretten besorgt.

Am 25. Februar 2014 verstirbt meine liebe Oma.

Zur Beisetzung wollte ich mit dabei sein, aber durfte leider nicht. Utopie hat gesiegt.

Meine Tante und meine Schwester haben es mir verboten, weil ich angeblich die Show meiner Oma im Rollstuhl gestohlen hätte.

In Gedanken war ich bei der Trauerfeier meiner Oma. Durch den Kontakt zu meinen Eltern habe ich meine Schwester verloren.

Meine Schwester meldet sich wenig und kommt sehr selten.

Die Utopie hat wieder angeklopft – und musste sie wieder reinlassen.

Anfang 2014 habe ich ein Juckgerät bekommen. Das ist so ein lilanes Plastikstäbchen.

Damit habe ich immer gejuckt, an den Stellen, wo ich auf Grund meiner Behinderung nicht hinkomme. Meinen Katheder habe ich unbewusst raus gezogen, deshalb wurde mir es weggenommen.

Seit 2013 nehme ich meine Haare immer zum Spielen, das Spiel läuft folgendermaßen: Ich nehme das Haar in rechte Hand, dann hebe ich die Hand hoch und das Haar lasse ich runter fallen auf meinen Körper.

Seit Anfang 2015 habe ich ein neues Spiel entwickelt, ich zähle die Schrauben an meinem Bettrand.

Anfang 2015 geht meine Lieblingsschwester in die Rente.

Ich weine deshalb viel. Die Utopie hat wieder angeklopft, ich musste öffnen.

Zu Beginn hat mir im Heim das Essen gut geschmeckt, aber seit 2014 kauft mir meine Mama immer Obst.

Mitte 2015 habe ich meine Tage nach 1,5 Jahren.

Die Utopie hat angeklopft, ich habe aber nicht aufgemacht. Ich bin glücklich, dass ich doch noch eine Familie gründen kann.

Meine Mama hat oft E-Zigaretten im Internet bestellt und Kulumchen hat es sogar auch einmal gekauft.

Wir schreiben September 2015. Meine Neurologin stellt Depressionen bei mir fest.

Ich muss in eine psychische Klinik, das ist okay, es ist nichts schlimmes, ich bin das gewöhnt.

Die Utopie hat wieder angeklopft und ich habe aufgemacht.Ich komme gut mit meinen Bettnachbarn zurecht.

Mein Freund macht einfach Schluss, weil er eine Familie haben will und sich im Heim nicht vorstellen kann. Die Utopie klopft wieder an und siegt.Wir bleiben aber im freundschaftlichen Kontakt. Anfangs hatte ich Angst, ich verliere ihn auch als Kumpel

Meine Mama wollte meine Betreuerin werden.

Allerdings war mein Ex-Betreuer damit nicht einverstanden. Utopie hat angeklopft, er hat meine Akte erst viel später durch anwaltliche Hilfe herausgerückt, seit Januar 2015 ist meine Mama aber nun doch meine Betreuerin.

Meine Mama hat es hinbekommen, dass ich die Nachricht im Dezember 2015 erhalten habe, dass ich im Februar 2016 in neues Pflegeheim komme. Kein Platz für Utopie.

Im November 2015 lerne ich einen tollen Hasi aus dem SMS-Chat kennen. Wir sind ein Paar, er ist aus Hamburg geht

aber leider am 31.12.2015 fremd. Utopie hat wieder gesiegt.
Traurig aber war. Ich trenne mich sofort.

Ich bete oft, damit ich meine Beinschmerzen verliere.Das
Gebet lautet wie folgt: „Ich bin gesund und damit schmerzfrei.

Im Namen des Vaters und Amen" und alles 5 bis 10 mal, geht
mir viel besser.

Seit dem 1. Februar 2016 bin ich im neuen Heim in Mamas
Nähe. Dort ist es klasse. Das fängt schon beim guten Essen an.
Es gibt jeden Tag wahlweise Salat . Kein Platz für Utopie.

Es gibt nur Probleme beim Verlegen meiner 2 Bücher, Utopie
macht sich wieder breit. Mama muss einiges Korrekturlesen,
was Kulumchen nicht lesen kann. Das ist auf einem
USB-Stick gespeichert. Damit kann meine Mama aber nicht
umgehen. Deshalb verzögert sich der Verlag. Utopie hat
wieder gesiegt.

Ich habe einen Verlag gefunden, der für 39,00 Euro ein Buch
verlegen würde. Utopie hat nicht angeklopft. Das möchte
meine Mama allerdings nicht, angeblich zu teuer. Hasi hat mir
das Geld per Post gesendet.

Am 11.02.2016 war der neue Psychiater bei mir. Ein klasse
Arzt. Er will meine Medikamente umstellen. Utopie hat nicht
angeklopft.

Am gleichen Tag hat der Heimleiter mir sein „Du" angeboten.
der Buchverlag verzögert sich immer noch. Ich habe eine sehr
gute Freundin vom Abitur und Ex-Chefin gefragt. Sie
kümmern sich vielleicht.

Kulumchen meldet sich nicht mehr. Keine Ahnung, wie es ihr
geht. Utopie hat wieder gesiegt. Traurig, aber wahr. Ich hoffe,
mein erstes Buch wird von meiner Freundin vom Abitur
verlegt. Das wird schon alles. Ich lass Utopie nicht nochmal
siegen.

Gestern hat sie wieder angeklopft. Ich habe meine Schwester
erreicht und gefragt wegen Buchverlag. Sie macht es nicht
wegen Bankverbindung. Utopie hat wieder gesiegt. Ich habe
noch etwas vergessen zu schreiben.

Mir geht's klasse im neuen Heim. Utopie klopft nicht an. Bin
jeden Tag froh, hier zu leben.

Seit drei Wochen rauche ich wieder echte Zigaretten, aber sehr
wenig. Eine Schachtel reicht momentan bis zu drei Wochen.
Das ist mir schon wichtig, aus finanzieller und
gesundheitlicher Sicht, zusätzlich rauche ich noch elektrische
Zigaretten. Das muss sein, ohne geht's nicht. Das neue Heim
ist schon klasse. Lecker Essen jeden Tag. Utopie hat keine
Chance. Ich esse fast jeden Tag Salat zum Mittag. Wirklich
Wahnsinn. Im neuen Heim gib es auch eine Kabale. Anfangs
haben wir eine schlechte Beziehung. Utopie siegt. Aber bald
geht es besser. Außerdem gibt es noch erstklassige Therapien.
Da hab ich heute wieder mitgemacht. Ich habe ein Katzen-
und Hundepuzzle zusammengefügt. Als Belohnung durfte ich
rauchen, gute Ergotherapeutin. Utopie hat keine Chance. Ich

wollte noch einmal betonen, dass ich wieder echte Zigaretten
rauche. Echt super. Utopie hat keine Chance. Die Schwestern
sind alle nett zu mir.

Ich hab schon wieder Lieblingsschwestern. Meine
Lieblingsschwester könnte meine Mama sein, ist aber noch
Azubi, super nett. Sie hat mich für ihre Prüfung eingeplant.
Utopie hat nicht angeklopft. Ich hätte sie nicht rein gelassen.

Dann sollte ich eine Therapie machen, wenn ich rauchen darf.
Also hab ich gesagt, wenn ich ein wenig Buch weiterschreiben
darf. Das wurde akzeptiert. Meine Ergotherapeutin hat Urlaub.
Deshalb bekomme ich keine richtige Therapie. Ist nicht
schlimm. Umso mehr kann ich mein Buch weiterschreiben.
Kein Platz für Utopie. Heute gibt es wieder Salat zum Mittag.
Hier schmeckt es ganz gut. Solcher Salat, meist mit
Käsestückchen, lecker. Mir hat jemand den Tipp gegeben, mal
das Radio zu kontaktieren wegen Buch. Da hab ich Radio
gleich angerufen. Sie waren total begeistert. Ich habe gesagt,
dass ich das Buch einschicken werde. Mutti wollte das aber
nicht. Utopie hat wieder gesiegt. Da hab ich Hasi gefragt. Er
hat gleich eingeschickt. Kein Platz für Utopie. Die Arbeit mit
dem Buch macht Spaß. Ich habe eine neue Pfarrerin. Sie ist
von der Kirche in Oschatz. Sie ist 1 Jahr älter als Bruderherz.
Sie wollte sich mal kümmern wegen Buchverlag durch die
Kirche. Utopie hat leider wieder gesiegt. Die Kirche erlaubt
den Buchverlag leider nicht. Kulumchen hat sich wieder
gemeldet. Ihr geht's gut. Utopie hat keine Chance. Ich habe
noch was Wichtiges vergessen zu erzählen. Die gute
Ergotherapeutin hat mir wieder erlaubt, mein Buch
weiterzuschreiben auf ihrem Laptop. Utopie hat keine Chance.
Ich habe jetzt Mama gebeten, meinen USB-Stick von meinem

Ex-Chef abzuholen, damit ich mein zweites Buch korrigieren
kann. Sie macht es, das dauert aber noch etwas. Ich habe
überlegt, dass ich nächste Woche noch einmal meinen
Ex-Chef frage wegen Buchverlag. Utopie darf nicht siegen.
Wenn ich gesund werde, würde ich gern bei meinem alten
Chef arbeiten. Das haben wir uns ausgemacht. Utopie hat
keine Chance. Das ist mein großes Ziel. In den letzten Tagen
ist was Schreckliches passiert, die elektrischen Kippen. Ich
habe gehört, die elektrischen Kippen sollen abgesetzt werden.
Dann hab ich ein Problem. Utopie siegt. Heute ist Freitag, der
01.04.2016. Mein ehemaliger Chef hat sich für heute
angemeldet. Ich werde ihn mal fragen wegen Buchverlag.
Vielleicht hab ich ja Glück und Utopie siegt nicht.

Ich habe noch was Wichtiges vergessen, zu erwähnen. Im
ganzen März hatte ich wieder Selbstmordgedanken. Das war
richtig schlimm, Utopie hat angeklopft aber dank meiner
Psychologin und Mama geht´s mir heute am achtzehnten April
2016 viel besser. Utopie hat nicht gesiegt. Und ich habe jetzt
einen guten Kumpel aus dem alten Heim überzeugen können,
mein Buch zu verlegen. Er hat fest zugesagt. Aber leider hat er
seit gestern sein Handy aus. Utopie hat wieder gesiegt. Ich bin
stark enttäuscht.

Es gibt noch etwas Positives zu berichten. Eine gute Freundin
aus dem SMS - Chat aus der Nähe von Wolfsburg will zu mir
ziehen, weil wir uns so gut verstehen und sie hat weder
Familie noch Freunde, kein Platz für Utopie. Sie hat leider nur
den Hauptschulabschluss und ist schon drei Jahre älter als ich.
Ich hab sie sehr lieb.

Utopie hat noch gesiegt was meinen besten Kumpel aus Bielefeld betrifft. Er hat die Freundschaft gekündigt. Ich denke, er ist tot. Das sagt mir mein Gefühl ich erreiche ihn nicht mehr Utopie siegt. Er hat mich gebeten, seine Nummer zu löschen.

Am letzten Wochenende habe ich wieder Kulumchen SMS geschrieben, aber sie schreibt nicht mehr zurück. Ich glaube, sie hasst mich. Utopie hat gesiegt, traurig, aber wahr.

Seit zwei Wochen rauche ich wieder mehr. Eine Schachtel reicht etwa eine Woche. Am 24.06.2016 durfte ich hier im Heim vor der Kirche und dem Heim mein erstes Buch vorstellen.

Heute ist Freitag, 08. 07. 2016 und ich kann stolz mitteilen, dass mir der Heimleiter einen Laptop bestellt hat, damit ich mein Buch weiterschreiben kann. Internet kommt nächste Woche dazu. Wenn ich Glück habe, darf ich dann drei Stunden am Tag im Internet surfen, für zehn Euro im Monat. Das finanziert alles Mama. Am 21.07.216 ist die Gerichtsverhandlung wegen Versorgungsausgleich. Mein Papa fordert noch Geld von meiner Mama. Ich habe im Gefühl, meine Mama wird siegen. Mein Gefühl trügt selten. Utopie siegt nicht.

Kulumchen hat mir gestern SMS zurückgeschrieben. Ihr geht's gut. Ich habe mich sehr freut.

Mein Ex-Chef hat sich gemeldet, wegen dem USB-Stick. Dabei ist herausgekommen, dass mein USB-Stick abhanden gekommen ist. Zum Glück hat Kulumchen die Daten noch gespeichert und meiner Mama gemailt. Utopie hat angeklopft, aber nicht gesiegt.

Seit dem 21.06.2016 habe ich einen neuen Freund. Er ist 39, aus Braunschweig und wir kennen uns aus dem SMS - Chat, wo auch meine ganzen Exfreunde herkommen. Aber ein großer Unterschied ist, er sucht sich gerade eine Wohnung hier bei mir und eine Arbeit hat er auch schon bei einem großen Fahrzeugunternehmen, bei mir in der Nähe.

Ich habe ganz vergessen, zu erwähnen, dass eine gute Freundin aus der Ausbildung begonnen hat, mein Buch kostenlos als E-book zu verlegen. Sie hat aber leider keine Zeit mehr. Sie geht voll arbeiten und hat zwei Kinder.

Es gibt noch etwas neues. Ich habe seit Februar sieben kg abgenommen. Mir geht es klasse damit. Das liegt an dem guten Essen hier im neuen Heim und daran, dass ich jeden Tag herauskomme.

Bruderherz ist 40 geworden. Ich habe ihm ein Bild gemalt und einen Brief geschrieben, aber er meldet sich seit Dezember 2015 nicht mehr. Ich bin sehr traurig darüber. Er fehlt mir. Seit dem 01.08.2016 rauche ich keine elektrischen Zigaretten mehr. Ich habe einfach aufgehört damit. Es fiel mir nicht schwer, utopielos und Mama spart.

Meine Schwester habe ich seit 1,5 Jahren nicht gesehen und sie wohnt hier in der Nähe. Ich erreiche sie telefonisch manchmal. Sie selber ruft allerdings nicht an. Utopie hat gesiegt, was meine Geschwister betrifft. Ich bin sehr traurig darüber und habe schon mit meiner Psychologin besprochen, dass ich das Gefühl habe, dass ich die einzige bin, die die ganze Familie zusammenhalten möchte.

Die einzige, auf die ich noch zählen kann, ist Mama.Ich hab sie gern.

Mit meinem Freund aus Braunschweig hab ich die Beziehung beendet. Ich habe im Chat nach Kumpelinen gesucht. Da hat er sich daraufhin gemeldet und ich dachte, dass er eine Frau ist. Ich habe sofort die Beziehung beendet, weil ich mich nicht verarschen lasse. Er war sehr traurig darüber, weil er schon seine Arbeit gekündigt hat. Ich habe ihm daraufhin geraten, bei seiner alten Arbeit wider nachzufragen. Utopie hat gesiegt.

Seit dem 03.10.2016 habe ich einen neuen Freund, wieder aus dem Chat. Er ist aus der Nähe und 8 Jahre älter als ich, wir haben uns leider noch nie gesehen, er hatte leider einen Arbeitsunfall und kann deshalb kein Auto mehr fahren.

Ich hatte am 20.09.2016 fünf epileptische Anfälle. Dann kam der Notarzt und hat mich ins Krankenhaus gebracht.

Dort war ich bis zum 22.09.2016. Das war sehr schlimm für mich, ich dachte, ich muss sterben.

Zu meinem 30. Geburtstag kamen zehn Gäste. Ich habe mich sehr darüber gefreut, vor allen über die Mama von meinem Ex-Freund, meine ehemalige Pfarrerin und meine aktuelle Pfarrerin aus dem Ort. Das war eine sehr angenehme und schöne Feier mit vielen tollen Geschenken. Außerdem habe ich über Fleurop, Blumen von meinem Onkel aus Hessen bekommen. Wir haben uns seit über zehn Jahren nicht gesehen und ich habe mich sehr über das Geschenk gefreut.

Ich habe auch noch eine neue Lieblingsschwester, weil der Lehrling nicht übernommen wurde. Meine Lieblingsschwester ist Wohnbereichsleiterin. Wir verstehen uns gut, sie kann das manchmal nachvollziehen mit meinem Rauchverlangen, weil sie vor ihrem Kind ebenfalls geraucht hat.

Und noch eine Neuigkeit. Ich habe im Chat einen netten Herren kennen gelernt, der mir Mitte September mein erstes Buch als E-Book verlegt hat. Er hat mir sogar eine Homepage erstellt, wo Werbung über das Buch steht.

Ich rauche nur noch 3 Zigaretten am Tag. Heute ist Mittwoch, der 02.11.2016 und ich war heute früh, wie jeden Mittwoch in der Badewanne, schön war es, kein Platz für Utopie.

Seit dem 21.10, rauche ich nur noch 3 Zigaretten am Tag. Das fällt mir sehr schwer. Abends bekomme ich zum Glück noch ein Nikotin Bonbon. Da gab es auch Diskussionen. Erst bekam ich das Bonbon von den Nachtschwestern, nun allerdings vom Spätdienst,weil ich früh immer so müde wäre.

Seit 01.07.2016 gibt es einen neuen Praktikant auf der Station. Er ist etwas jünger als ich und sehr nett. Anfangs wollte er sogar mein Buch verlegen. Das hat aber leider nicht funktioniert, weil er keinen Computer mit Internet hat.

Ich habe eine neue Bezugsschwester. Wir hatten am Freitag große Probleme wegen den Nikotin Bonbons.Ich habe heimlich immer die Bonbons gelutscht. Sie hat mich dabei erwischt.

Ich habe die Lutschbonbons im Batteriefach meiner Fernbedienung versteckt. Die Schwestern haben das komischerweise mitbekommen. Traurig, aber wahr. Utopie hat gesiegt. Sie möchte gar nichts mehr für mich tun.

Ich hatte Kontakt mit meinem Ex-Chef. Er hat den Stick wieder gefunden und will mich bald besuchen kommen, wenn er einmal Zeit hat. Schwesterherz hat mir zum 30. Geburtstag gratuliert& will mich bald besuchen kommen. Ich freue mich sehr darüber. Das hab ich auch meinem besten Kumpel zu verdanken. Von ihm habe ich noch gar nichts erzählt. Er ist ein klasse Mensch. Wir waren in der Jugendzeit befreundet. Er hat mich oft besucht & gemeinsam haben wir geraucht. Dann hatten wir 10 Jahre keinen Kontakt, weil ich umgezogen bin, Utopie hat gesiegt. Wir haben seit September 2016 durch das Internet wieder Kontakt und er will mich zum Glück einmal im Monat besuchen. Es gab in den letzten Tagen schon wieder viel Ärger im Heim. Utopie lässt grüßen. Die Wohnbereichsleiterin hat gesagt ich muss die Station wechseln. Das war aber ein Spaß, habe es gleich Mama geschrieben & sie hat es gleich dem Heimleiter gemailt.

Die Wohnbereichsleiterin und gleichzeitig meine Lieblingsschwester hat mir diese Woche erzählt, dass es schwierig ist, den Dienstplan zu erstellen, weil einige Schwestern immer sagen: "Nee, mit der Schwester möchte ich nicht zusammenarbeiten." Ich war verwundert, dass sie mir das erzählt. Denn, bin ja schließlich eine Bewohnerin. Meine Psychologin hat gemeint, ich solle ruhig bleiben & vielleicht benötigte sie nur mal jemanden zum Reden. Ja, das wird's sein.

Seit Sommer habe ich eine neue Psychologin. Das ist eine sehr nette.Sie hilft mir, wo sie nur kann. Leider erzählt sie nichts von sich, sie mag nichts preisgeben, was ja auch kein Problem ist. Kein Platz für Utopie. Ich hatte jetzt seit November 2016 meinen Laptop nicht, weil ihn meine Mama mit nach Hause genommen hat, um Internet einzurichten. Zu Weihnachten 2016 hatte ich Nachts starke Selbstmordgedanken. Der Grund waren meine starken Beinschmerzen. Ende Dezember war mein ehemaliger Chef bei mir.Der Besuch war sehr schön, er möchte auch öfters kommen.

Freude.

Mein bester Kumpel wollte eigentlich Internet einarbeiten, hatte aber keine Zeit.Utopie hat gesiegt. Ich habe noch kein Internet. Heute ist der 22.01-2017.

Wir haben Ende 2016 einen netten Mitbewohner bekommen. Wir haben immer „Ei Ei" gemacht. Da hat er mich immer im Gesicht gestreichelt. Leider ist er am 16.01.2017 von uns gegangen. Utopie hat gesiegt. Schlimm ist es.

Seit 01.01.2017 rauche ich nur noch zweimal die Woche und zwar, wenn Mama kommt.Außerdem nehme ich noch Nikotin Lutschtabletten. Die helfen und schmecken gut.

Mama hat mir zu Weihnachten ein Smartphone geschenkt, mit dem ich erst gar nicht klarkam. Wir haben das jetzt aber umgetauscht und jetzt geht es. Kein Platz für Utopie.

Seit einiger Zeit haben wir wieder neue Azubis. Die eine davon ist meine Zweitlieblingsschwester. Wir hoffen, sie wird übernommen, wenn sie im August 2018 aus gelernt hat. Zu diesem Datum wird eine Schwester in Rente gehen. Deshalb haben wir Hoffnung auf eine Übernahme.

Ende 2016 ha eine Schulklasse einen Rundgang durch das Heim gemacht. Ich habe die netten Leute gleich kontaktiert und erzählt, dass ich Autorin bin. Der Lehrer und manche Schüler waren begeistert und der nette Lehrer hat gleich gefragt, ob ich Interesse hätte, mein Buch in der Schule vorzustellen. Ich habe mich über dieses Interesse sehr gefreut und gleich den Heimleiter gefragt, welcher zugestimmt hat.

Außerdem habe ich auch noch Kontakt zu Mitarbeitern aus den anderen Stationen. Mit der Wohnbereichsleiterin von der zweiten Station verstehe ich mich am besten. Sie raucht auch, ist begeistert von meinem ersten Buch und wir verstehen uns gut. Hier ist kein Platz für Utopie.

Es gibt noch eine positive Neuigkeit. Ich bin darauf aufmerksam gemacht worden, mein erstes Buch auf der Leipziger Buchmesse im März 2017 auszustellen. Bin sehr glücklich darüber. Utopie hat aber schon wieder gesiegt. Die Ausstellung kostet 100 Euro, leider.

Ich habe letztes Wochenende im Freundes und Familienkreis um Geld gebeten. Viele der Befragten waren stolz und haben zugesagt, dass sie sich an den Kosten beteiligen, zum Glück.Jeder gibt etwas dazu. „Kleinvieh macht auch Mist“. Kein Platz für Utopie. Ich hatte heute Kontakt mit dem Heimleiter. Er hilft mir vielleicht morgen das Anmeldeformular auszufüllen und zudrucken. Ich habe ihn als Dankeschön schon gedrückt. Der Heimleiter hat mir das Anmeldeformular leider nicht ausdrucken können, weil es eine private Angelegenheit ist. Aber die Auszubildende war so nett und hat mir das Formular ausgedruckt. Mama war sich erst unsicher, ob sie mir die Angelegenheit erlaubt. Sie hat mit dem Heimleiter gesprochen und es dann genehmigt. Am Mittwoch, den 25.01.2017 habe ich mit Mama das Anmeldeformular ausgefüllt. Da war ich erst sauer, da Mama erst einmal alle Daten extra separat notiert hat. Manchmal ist auch Mama komisch. Das war also doppelte Arbeit. Aber ich war natürlich überhaupt erst einmal glücklich, dass sie es mir erlaubt hat. Utopie hat angeklopft, ich habe aber nicht geöffnet.

Ich habe schon sehr lang nichts mehr von meiner Chatfreundin aus der Nähe von Wolfsburg erwähnt. Wir verstehen uns sehr gut, telefonieren sehr oft. Sie möchte zu mir ziehen, weil sie in ihrer Heimat keine Freunde hat. Sie möchte gern eine Ausbildung zur Altenpflegerin absolvieren oder aber ihren Realschulabschluss nachholen. Heute Abend werde ich mehr darüber erfahren.

Kulumchen habe ich nun 1,5 Jahre nicht gesehen, ich bin sehr traurig darüber. Meine Psychologin versteht es auch nicht, warum sich kaum jemand meldet. Mein bester Kumpel ist der einzige, der sich oft bei mir meldet. Er kommt im Februar wieder zu mir. Leider ist er zur Zeit noch erkältet. Ich habe auch noch Kontakt zu Leuten aus der Kirchgemeinde.

Wir haben noch eine neue Mitarbeiterin. Sie ist etwas älter als Schwesterherz und hat schlimme Schicksalsschläge hinter sich. Wir verstehen uns gut. Sie ist eine Art Ersatz Großschwester. Utopie schlägt nicht zu. Ihr Gefällt sehr gut mein Spiel mit meinen Haaren. Seit Februar 2016 singe ich noch dazu:"Schalala in the morning, Schalala in the evening und Plumps". Ihr gefällt das als einzige und sie macht mir oft die Haare.

Freude.

Eine Schwester hat gesagt, ich soll mich mal kümmern, dass ich einen Termin beim Orthopäden bekomme, der sich einmal meinen Spitzfuß anschaut. Ich bin wieder meinem 4. Hobby nachgegangen und habe gleich telefoniert. Den Termin habe ich für Februar in einem sehr guten Leipziger Krankenhaus bekommen, freu freu. Kein Platz für Utopie. Der Heimleiter hat mir schon mitgeteilt, dass der Überweisungsschein für den Orthopäden und Chirurgen vorliegt. Ich freue mich sehr darüber. Wenn wirklich eine Operation stattfindet, habe ich sehr gute Chancen mich mehr bewegen zu können.

Meine Hausärztin war am Mittwoch ebenfalls im Heim. Sie war Ende letzten Jahr da, konnte mich aber leider nicht Grippeschutzimpfen, da Mama nichts unterschrieben hat. Deshalb war sie jetzt noch einmal da. Allerdings hat sie mich nicht geimpft, da sie der Meinung war, die Zeit ist vorbei. Ich habe mich gewehrt, aber die Schwestern sagten nur, ich soll nicht diskutieren. Utopie hat gesiegt.Die neue Schwester hat gemeint, dass sie im Radio gehört hat, dass es 8 Todesopfer wegen Grippe gab und der Sender hat empfohlen, sich noch impfen zu lassen. Die neue Schwester hat gleich an mich gedacht, hat sie gesagt. Ich habe heute mit dem Heimleiter gesprochen, ob ich mir eine neue Ärztin suchen darf. Er hat „Ja" gesagt. Das ist mein Glück.

In letzter Zweit gab es Ärger mit den Schwestern, sodass meine Psychologin schon ab und zu mit den Schwestern einen Besprechungstermin hatte. Es ging darum meist, weil ich immer so nerve und schreie, wenn ich Hilfe benötige. Meine Psychologin ist der Meinung, dass ich mich gebessert habe. Das Negative ist mein Rauchverlangen. Aber ich rauche zur Zeit nur zweimal die Woche, wenn Mama bei mir ist. Ich schaffe es nicht, ganz aufzuhören mit Rauchen. Seit 25.01.2017 haben wir einen neuen Mitbewohner. Er ist schon etwas älter und sehr nett. Ich habe ihn gerade gefragt, ob ich über ihn im zweiten Buch schreiben darf. Er hat zugestimmt.

Heute ist Freitag, der 10.02.2017 und es gibt viel zu berichten. Ich habe am 28.01.2017 Mittags noch einmal die Nikotin Lutschbonbons genommen und nachmittags, als Mama kam, wieder geraucht. Das war ein Fehler. Es folgten drei epileptische Anfälle. Utopie hat gesiegt. Es war ein schlimmes Gefühl. Ich dachte, ich hätte einen Schlaganfall und muss sterben. Mein Fazit daraus ist: nie wieder Nikotin. Ich habe viele Medikamente im Heim bekommen. Es hat aber nichts so richtig geholfen. Der Notarzt musste gerufen werden und ich musste drei Tage auf die Intensivstation von einem Krankenhaus in der Nähe.

Die erste Erinnerung kommt im Vier-Bett-Zimmer mit drei älteren Damen. Die Schwestern da haben sich angeblich auch so aufgeregt, weil ich immer so viel nerve, komisch und traurig, aber wahr.

Abends habe ich noch meine Tante angerufen, die mich dann auch am nächsten Tag besuchen kam. Kein Platz für Utopie.

Am dritten Tag wurde ich auf die Normalstation verlegt, wo dann auch eine Dame von dem Zimmer von der Intensivstation einzog. Das ist eine ganz liebe Frau, die auch meinen Vornamen im Namen hat.wir haben uns gleich gut verstanden.

Sie hat ebenfalls eine Biografie geschrieben, aber leider nicht verlegt. Ich würde ihr gern helfen. Leider habe ich ihre Handynummer nicht, sie aber meine. Ich hoffe, sie meldet sich bald bei mir.

Heute ist Sonntag, der 12.02.2017 und ich habe gestern erfahren, dass meine Lieblingsschwester auf Station aufhört. Sie geht zukünftig eine Etage tiefer. Ich habe gleich geweint, denn Utopie hat wieder gesiegt.

Letzten Freitag habe ich die Institution angerufen, die sich um die Leipziger Buchmesse kümmert. Ich habe mich gewundert und nachgefragt, wo die Rechnung bleibt, die nette Dame hat geschildert, dass das Anmeldeformular erst am 02.02.2017 einging. Der Einsendeschluss war der 30.01.2017. Ich bin sehr traurig und verärgert über den Zusteller und über diese Tatsache.Utopie hat wieder einmal gewonnen. Ich überlege

jetzt, dass ich mein Buch auf der Frankfurter Buchmesse im
Oktober 2017 ausstelle.

Seitdem ich im neuen Heim bin, habe ich wieder regelmäßig
meine Menstruation. Die Schwestern lachen immer schon,
wenn es soweit ist.Denn ich weine jedes Mal vor Freude, da
ich doch noch eine Familie gründen kann, wenn ich gesund
bin.

Letzten Dienstag, den 07.02.2017 war eine nette Dame von
der Krankenkasse mit meiner Physiotherapeutin da und die
beiden haben festgestellt, dass ich mit viel Übung einen
Gehwagen bekommen kann, völlig utopielos. Ich habe gleich
geweint deshalb.

Ich habe gestern noch einmal mit meinem Kumpel aus dem
Chat telefoniert, der mein erstes Buch verlegt hat und wir
haben noch einmal über die Frankfurter Buchmesse
gesprochen und er hat gemeint, ich soll einmal mit meinem
Verlag darüber reden.

Daraufhin habe ich heute Morgen gleich meinen Verlag
angerufen und der nette Servicemitarbeiter hat mir mitgeteilt,
dass mein Buch vielleicht auf der Messe ausgestellt werden
kann. Ich habe viel Hoffnung. Keine Chance für Utopie.

Ein etwas Negatives gibt es aber noch zu erwähnen. Viele
Schwestern sind enttäuscht von mir, weil ich immer schreie,
wenn ich ein Bedürfnis habe. Ich habe leider keine Klingel.
Meine Lieblingsschwester sagte, sie hat Angst, dass ich mich
damit erhänge.Ich hatte im Dezember 2016 wieder einmal
aufgrund starken Beinschmerzen Selbstmordgedanken.

Es fanden schon einige Gespräche mit meiner Psychologin und den Pflegern wegen meines nervigen Verhaltens statt, weshalb ich ein schlechtes Gewissen habe. Utopie siegt immer wieder.

Heute war mein Neurologe zum Gespräch bei mir. Ich habe mich sehr darüber gefreut, hab ihn mit „Alles Gute zum Valentinstag" begrüßt. Er hat gelächelt. Ich habe ihm mein Problem mit meinen Beinschmerzen in der Nacht geschildert und zum Glück ein Medikament bei Bedarf erhalten.

Bruderherz meldet sich nun seit Dezember 2015 nicht mehr. Ich bin sehr enttäuscht darüber, denn Utopie hat schon wieder gesiegt. Vermisse ihn sehr. Mein Schwesterherz habe ich nun seit Ende 2015 nicht gesehen.

Ich habe mich erkundigt und freue mich auf einen Termin bei einem orthopädischen Chirurg im März

Seit dem 1. Februar 2016 bin ich im neuen heim. Dort ist es klasse. Das fängt schon beim guten Essen an. Es gibt jeden Tag Salat wahlweise. Kein Platz für Utopie.

Es gibt nur Probleme beim Verlegen meiner 2 Bücher. Mama muss einiges Korrekturlesen, was Kulumchen nicht lesen kann. Das ist auf einem USB-Stick gespeichert. Damit kann meine Mama aber nicht umgehen. Deshalb verzögert sich der Verlag. Utopie hat wieder gesiegt.

Ich habe einen Verlag gefunden, der für 38 Euro ein Buch verlegen würde. Utopie hat nicht angeklopft. Das möchte meine Mama allerdings nicht. Angeblich zu teuer. Am

11.02.2016 war der Psychiater bei mir. Ein klasse Arzt. Er will meine Medikamente umstellen. Utopie hat nicht angeklopft. Am selben Tag hat der Heimleiter mir sein Du angeboten. Der Buchverlag verzögert sich immer noch. Ich habe eine sehr gute Freundin vom Abitur und Ex-Chefin gefragt. Sie kümmern sich vielleicht. Kulumchen meldet sich nicht mehr. Keine Ahnung, wie es ihr geht. Utopie hat wieder gesiegt. Traurig, aber wahr. Ich hoffe, mein erstes Buch wird von meiner Freundin vom Abitur verlegt. Das wird schon alles. Ich lass Utopie nicht nochmal siegen. Gestern hat sie wieder angeklopft. Ich habe meine Schwester erreicht und gefragt wegen Buchverlag. Sie macht es nicht wegen Bankverbindung. Utopie hat wieder gesiegt. Ich habe noch etwas vergessen zu schreiben.

Mir geht's klasse im neuen Heim. Utopie klopft nicht an. Bin jeden Tag froh, hier zu leben. Seit 3 Wochen rauche ich wieder echte Zigaretten, aber sehr wenig. Eine Schachtel reicht momentan bis zu 3 Wochen. Das ist mir schon wichtig, zusätzlich rauche ich noch elektrische Zigaretten. Das muss sein, ohne geht's nicht. Das neue Heim ist schon klasse. Lecker essen jeden Tag. Utopie hat keine Chance. Ich esse jeden Tag Salat zum Mittag. Wirklich Wahnsinn. Im neuen Heim gib es auch eine Kabale. Anfangs schlechte Beziehung. Utopie siegt. Aber bald geht es besser. Außerdem gibt es noch erst klassische Therapien. Da hab ich heut wieder mitgemacht. Ich habe ein Katzen- und Hundepuzzle zusammengefügt. Als Belohnung durfte ich rauchen. Gute Schwester. Utopie hat keine Chance. Ich wollte noch einmal betonen, dass ich wieder echte Zigaretten rauche. Echt super. Utopie hat keine Chance. die Schwestern sind alle nett zu mir. Ich hab schon wieder Lieblingsschwestern. Meine Lieblingsschwester könnte meine Mama sein, ist aber noch Azubi, super nett. Sie hat mich für ihre Prüfung eingeplant. Utopie hat nicht angeklopft. Ich hätte sie nicht rein gelassen. Dann sollte ich eine Therapie machen, wenn ich rauchen darf. Also hab ich gesagt, wenn ich ein wenig Buch weiterschreiben darf. Das wurde akzeptiert. Meine Ergotherapeutin hat Urlaub. Deshalb bekomme ich keine richtige Therapie. Ist nicht schlimm. Umso mehr kann ich mein Buch weiterschreiben. Kein Platz für Utopie. Heute gibt es wieder Salat zum Mittag. Hier schmeckt es ganz gut. Solcher Salat, meist mit Käsestückchen lecker. Mir hat jemand den Tipp gegeben, mal das Radio zu kontaktieren wegen Buch. Da hab ich Radio Energy gleich angerufen. Sie waren total begeistert. Ich habe gesagt, dass ich das Buch einschicken werde. Mutti wollte das aber nicht. Utopie hat wieder gesiegt. Da hab ich Hasi gefragt. Er hat gleich eingeschickt. Kein Platz für Utopie. Die Arbeit mit dem Buch macht Spaß. Ich habe eine neue Pfarrerin. Sie ist von der Kirche in Oschatz. Sie ist 1 Jahr älter als Matthias. Sie wollte sich mal kümmern wegen Buchverlag durch die Kirche. Utopie hat leider wieder gesiegt. Die Kirche erlaubt den Buchverlag leider nicht. Kulumchen hat sich wieder gemeldet. Ihr geht's gut. Utopie hat keine Chance. Ich habe noch was Wichtiges vergessen zu erzählen. Die gute Ergotherapeutin hat mir wieder erlaubt, mein Buch weiterzuschreiben auf ihrem Laptop. Utopie hat keine Chance. Ich habe jetzt Mama gebeten, meinen USB-Stick von meinem Ex-Chef abzuholen, damit ich mein zweites Buch korrigieren kann. Sie macht es, das dauert aber noch etwas. Ich habe überlegt, dass ich nächste Woche noch einmal meinen Ex-Chef frage wegen Buchverlag. Utopie darf nicht siegen. Wenn ich gesund werde, würde ich gern bei meinem alten Chef arbeiten. Das haben wir uns ausgemacht. Utopie hat keine Chance. Das ist mein großes

Ziel. In den letzten Tagen ist was Schreckliches passiert, die elektrischen Kippen. Ich habe gehört, die elektrischen Kippen sollen abgesetzt werden. Dann hab ich ein Problem. Utopie siegt. Heute ist Freitag, der 01.04.2016. Mein ehemaliger Chef hat sich für heute angemeldet. Ich werde ihn mal fragen wegen Buchverlag. Vielleicht hab ich ja Glück und Utopie siegt nicht.

Ich habe noch was Wichtiges vergessen, zu erwähnen. Im ganzen März hatte ich wieder Selbstmordgedanken. Das war richtig schlimm Utopie hat angeklopft aber dank meiner Psychologin und Mama geht´s mir heute am achtzehnten April 2016 viel besser. Utopie hat nicht gesiegt. Und ich habe jetzt einen guten Kumpel aus dem alten Heim überzeugen können mein Buch zu verlegen. Er hat fest zugesagt. Aber leider hat er seit gestern sein Handy aus. Utopie hat wieder gesiegt. Ich bin stark enttäuscht.

Es gibt noch etwas Positives zu berichten. Eine gute Freundin aus dem SMS - Chat aus Wolfsburg will zu mir ziehen. Weil wir uns so gut Verstehen und sie hat weder Familie noch Freunde. Kein Platz für Utopie. Sie hat leider nur den Hauptschulabschluss und ist schon 33. Ich hab sie sehr lieb.

Utopie hat noch gesiegt was meinen besten Kumpel aus Bielefeld betrifft. Er hat die Freundschaft gekündigt. Ich denke, er ist tot. Das sagt mir mein Gefühl ich erreiche ihn nicht mehr Utopie siegt.

Am letzten Wochenende habe ich wieder Kulumchen sms geschrieben, aber sie schreibt nicht mehr zurück. Ich glaube, sie hasst mich. Utopie hat gesiegt.

Seit zwei Wochen rauche ich wieder mehr. Eine Schachtel reicht etwa eine Woche.

Außerdem habe ich einen sehr guten Kumpel im Chat kennengelernt. Wir verstehen uns sehr gut. Er wohnt in der Nähe und hat mich sogar schon einmal besucht. Er wollte mir anfangs helfen und den Gewinn vom Buchverkauf aufnehmen, weil mir niemand seine Kontoverbindung geben wollte. Utopie hat wider angeklopft, aber nicht gesiegt, da Mama sich dazu bereit erklärt hat, den Gewinn aufzunehmen.

Meine Tante hat mich als einzige auf der Intensivstation besucht. Darüber bin ich dankbar.

Anfang 2016 habe ich eine liebe ältere Dame im Heim kennen gelernt. Sie könnte meine Mama sein und hatte leider einen Schlaganfall.

Kurz vor Weihnachten 2016 ist sie dann in eine andere Institution gekommen. Der Abschied fiel uns schwer. Utopie hat gesiegt.

Am 17.02.2017 habe ich gegen Utopie gewonnen. Meine gute Physiotherapeutin hat mich mit Hilfe von Schwestern am Bett hingesetzt. Ich weinte vor Freude.

Seit dem 28.01.2017 rauche ich gar nicht mehr. Ich habe Angst vor epileptischen Anfällen.Mir geht es gut ohne den Qualm. Kein Platz für Utopie.

Eine Schulfreundin vom Papa ist begeistert von meinem Buch und wir haben Kontakt über das Internet. Das tut mir gut.

Ich habe sehr guten Kontakt mit fast allen Heimbewohnern. Das sind liebe Leute. Ich habe auf unserer Station auch einen Ersatzpapa. Er ist zwei Jahre älter als Papa und wir verstehen uns gut.

Das ist das Ende meiner vorläufigen Biographie

Vielen Dank.

Also, ihr lieben Leser! Ich hoffe, euch hat mein Buch gefallen.
Ich habe mir sehr viel Mühe beim Schreiben gegeben. Das
macht mir viel Spaß. Ich schreibe fast jeden Tag.Ich danke
euch, dass ihr mein Buch gelesen habt. Bitte sendet mir eure
Meinung für folgende Bücher.

http://mariechenneuautorin.de.tl